親父は言った「お父さんに不可能という文字はない」

エベイユ

プロローグ

一九九六年の春

冬の厳しい寒さが終わり、ポカポカとした陽《ひ》射《ざ》しに身体の力が抜けた春、僕は父と母の三人でドライブへ出掛けました。車椅子姿を人に見られることに抵抗があった僕は、いつも家の中に閉じこもっていて、月に二回のドライブは唯一の気分転換でした。

父と母の二人で抱きかかえられ、僕は車の助手席に乗りました。そして母は後部座席へ、父は運転席へ乗り込み出発の準備が整いました。しかし、父は走り出そうとしません。ふと父の顔を見ると、父の視線の先に時計がありました。時刻は四十二分。父は「四十二」や「四十九」という数字は「死に」や「死苦」と読めることから執拗《しつよう》に嫌っていました。この時も四十二分に出発すると縁起が悪いと気にして、四十三分になるまで待っていたのです。

車を発車させる時は必ずハンドルを軽く二回叩き、小声で「今日もよろしく頼むぞ！」と車に話しかけ、無事を祈っていました。僕は異常にも思えるそんな父の神経質な姿が嫌いでしたが、不安な気持ちで運転をされるよりも、縁起をかつぐことで安心して運転ができるのなら、その方がいいと思い、口には出さないことにしていました。

車を走らせていると、季節の変わり目のせいか、あちらこちらで葬儀の花環《はなわ》を見かけます。喪服《もふく》を着た大勢の人たちを見て父が話し始めました。

「あれだけ人がいても、故人《こじん》の死を心の底から悲しんでいる人は何人いるのかな」

その話を聞いて、僕も身内の葬儀に出席した時のことを思い出しました。僕がまだ小学生の時の話ですが、伯父の葬儀へ出席し、出棺前の故人との最後のお別れをすませ、家の外へ出て来ると、そこでは何を話しているのか笑い声をあげている人たちがいました。身内の人たちが泣きながらお別れをしているというのに、外では笑っている人たちがいるという状況を、小学生の僕は幼心《おさなごころ》にとても不思議に感じました。その後も葬儀へ出席するたび、同じような光景を目にし、中学生になった頃からはそういう非常識な態度をとっている人たちに対し、怒りを感じるようになりました。

そんな経験から葬儀に対して不信感があった僕も父の後に続きました。

「数百万もかけて盛大なお葬式をしたって、どんなにありがたいお経をあげてもらったって、義理でみんなに集まってもらったんじゃ、うれしくも何ともないよね」

葬儀費用、戒名《かいみょう》の値段、他にも様々なことに疑問を感じ、何よりも義理で集まる人たちに対しての怒りが、話しているうちに爆発しました。それが日本のしきたりであることは分かっています。しかし、普段から感じている疑問や不満を話さずにはいられませんでした。

父も僕と同じ意見でした。

「もし、お父さんが死んだら葬儀なんか挙げずに身近な身内だけ呼んでくれ」

「僕が死んだ時も葬式なんか挙げなくていいよ。火葬して灰になったら、その灰を半分ずつにして一つを海に、もう一つはラスベガスの砂漠に撒《ま》いて。お母さんはどうする?」

「お母さんもお葬式なんか挙げなくてもいい。心の底から悲しんでくれる人だけ集まってくれればそれで充分」

ドライブへ出掛けて葬儀の花環《はなわ》を見かける機会は少なくありませんが、なぜかこの日は、このような話になってしまいました。

この当時、父はよく母にこんなことを言っていました。

「お前、死ぬなよ」

真剣に話す父に対し、母はいつもふざけて返事をしていました。

「死んじゃう。お母さんは一番先に死んじゃう！」

特に母は死という言葉を事あるごとに使っていました。僕は三十歳でしたが、どんなに年を重ねてもやはり親の死は怖く、一番避けたいことです。冗談とも本音ともとれる母の話をいつも悲しい気持ちで聞いていました。

いつもは父と母のやり取りを我慢して聞いているのですが、この時は我慢できなくなって、つい怒鳴《どな》ってしまいました。

「生きるとか、死ぬとか、縁起でもない話は止《や》めてくれよ！」

その剣幕《けんまく》に父は僕の不安な気持ちを察したのだと思います。それまでふざけていましたが、急に真面目《まじめ》な顔をしてこう言いました。

「何も心配するな。お父さんもお母さんも死なないから。身体に障害がある泰之を残して死ねるわけがないだろ。死んだって死にきれないよ。だからお父さんもお母さんも泰之の死を見届けてから死ぬ。泰之は何も心配しなくていいよ」

父は気休めで言ってくれたのだと思います。しかし、僕にはそれがとても心強く感じられました。親よりも先に死ぬことは一番の親不孝だと分かっていましたが、この不自由な身体では一人で生きていく自信がなく、できることならば父の言う通り先に死なせて欲しいと願いました。

一九九六年の夏

僕は一日おきに父と母の手を借りてお風呂へ入っていました。母が僕の足を持ち、父が僕の上半身を抱え、「せーの」という掛け声で持ち上げ、湯船に入るのですが、僕は持ち上げられた瞬間、父の力が以前よりも弱くなったことを感じました。後日、そのことを母に話すと、母もまた違う面で父の老いを感じていたようです。

「最近、一気に老《ふ》けたと思わない？　髪の毛も薄くなったし、白髪も多くなったし……」

そう言われてみると、確かにそんな気がしました。父は十二月で五十三歳になります。年齢的にはまだまだ若いですが、これから年々老いていきます。それを思うと、とてもショックでした。

僕は車椅子に乗っていると、起立性低血圧《きりつせいていけつあつ》を起こしてしまいます。簡単に説明すると、全身が麻痺《まひ》しているために血液の循環《じゅんかん》が悪く、血液が頭へ上がらず、脳貧血を起こすのです。そのたびに父が車椅子を後ろへ倒してくれます。前輪を上げ、ウィリーした状態になるのです。父が車椅子の後ろで支えているので、僕は父の肩に頭を乗せました。

「あとどのくらい父の肩に頭を乗せることができるのだろう？　五年後の父は、十年後の父は、今と同じように元気でいてくれるだろうか？」

生きていることは当然だと思いながらも、

「五年後には事故や病気で亡くなってしまい、この世にいないなんてことはないよな」

と不安になりました。

目次● 親父は言った「お父さんに不可能という文字はない」

第一章　正しいと思うなら意志を通せ！

父の勇気

一生車椅子の生活に

それは昭和六十一年二月六日の寒い夜でした。仕事を終え、大宮駅から自宅へ向かっていると、突然車が飛び出し、僕が走っている車線をふさぎました。避けようとしましたが、タイヤがスリップし、そのままバランスを崩して転倒しました。気づいた時には車の脇腹に頭から突っ込んでいて、すぐに起き上がろうとしましたが、身体がまったく動きませんでした。

この事故で僕は首の骨を折り、一生車椅子の生活を送ることになりました。障害名は「頚髄《けいずい》損傷」。頚髄とは脊髄《せきずい》の首の部位を意味します。分かりやすく書くと、背骨の中を通る中枢神経の首に当たる部分です。中枢神経は全身の

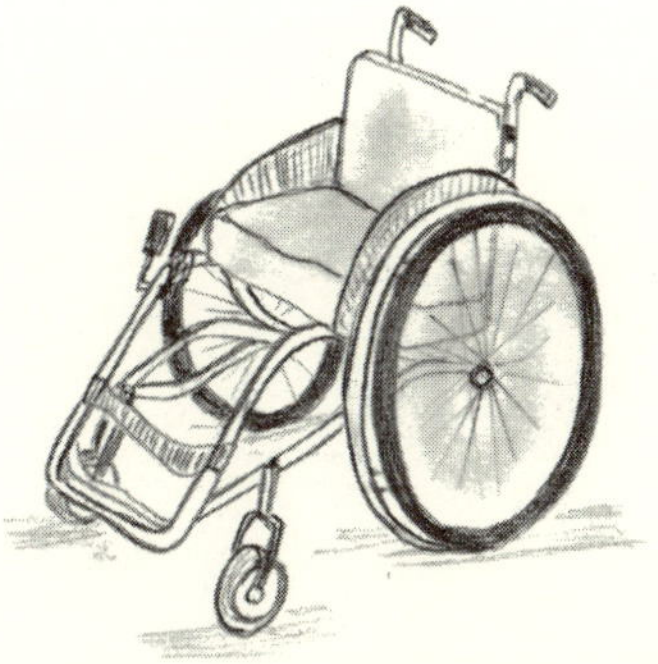

運動機能を司《つかさど》る大切な神経です。一度傷めてしまうと全身が麻痺し、二度と快復しません。

僕はこんな身体になってしまったことで、人生が終わったと感じました。そして夢も希望もなくなり、毎日泣いてばかりいました。そんな僕をやさしく支えてくれたのは父と母でした。

免許の許しを得る時に、「何が起こっても自分で責任を負う」と偉そうなことを言っていましたが、何の責任も負えず、それどころか、決して許されない親不孝をしてしまいました。しかし、父も母もそんな僕を責めようとはしません。入院した僕を交代で看病し、父は仕事まで辞《や》めて、僕のそばにいてくれました。

父も母も僕の前では決して涙を見せませんでした。しかし、僕のいないところでは、僕の将来を悲観し、泣いてばかりいたそうです。そんなある日、父は母にこう言いました。

「泣いて泰之の身体が元に戻る訳ではない。一番辛いのは泰之なんだ。泣くのは今日で止めよう。これからは悲観的にならず、前向きに考えていこう」

そう話すと、父と母は最後に思い切り泣いたそうです。

お父さんが絶対に治してやる

父は言葉通り、悲観的な考え方は捨て、前向きに考え始めました。そして僕が泣いていると、こう話してくれました。

「泰之の身体はお父さんが絶対に治してやる。日本の医学がダメでもアメリカの医学がある。アメリカの医学がダメなら中国の東洋医学だってある。必ず先生を見つけ出して来るから、お父さんを信じて待ってろ」

病院の先生や看護婦さんから、「頚髄を傷めたら今の医学では治りません」と説明を受けていましたので、父の話は半信半疑で聞いていましたが、この時の父の勇ましい姿を見て、もしかすると本当に僕を治してくれるのではないかと思い、ワラにもすがる気持ちですべてを託しました。

早速、父はアメリカで治療を受けるため、行動を開始しました。まずは紹介状を書いてもらおうと主治医のもとを訪れました。しかし、主治医からはアメリカでの治療を反対されてしまったのです。

「今の医学では、日本でもアメリカでも治りません。アメリカで治療を受けると莫大な金額がかかります。現実を受け入れ、お金は家の改造に使いなさい」

主治医が話したことはもっともでしたが、僕の身体を治すことしか考えていない父は、主治医の話に耳を傾けようとはしませんでした。

主治医に相談すれば何とかなると思っていた父は、いきなり壁にぶち当たりました。その後は知恵を絞り、アメリカ大使館、旅行会社、東京の大きな病院と、思いつくすべての場所へ足を運びました。しかし、どこへ行っても父が期待する返事はありませんでした。そんなことが何度も何度も続き、次第に父は「本当に不可能なのかもしれない」と思い始めました。

ある日、とうとう父は僕に「アメリカでの治療はあきらめよう」と話そうと思い、僕の部屋へ入って来ました。しかし、そこには顔が痒《かゆ》くてもかけない僕がいました。その姿を見た父は心の中で、「ここであきらめたら悔いが残る。泰之を救えるのは俺しかいない。俺が絶対に治してやるんだ」と思ったそうです。そして自分を奮《ふる》い立たせ、僕にこう言いました。

「お父さんに不可能という文字はない」

父は最後の手段として、アメリカへ渡り、直接ドクターを探すことにしました。しかし、アメリカにあてがあるわけではなく、知り合いがいるわけでもありません。医師の紹介状すら持っていませんので、周囲からは反対されました。父もまた不安だったに違いありませんが、そんな素振りは一切見せず、強気でした。

ドクターが見つかった！

父が向かった先はアメリカのロサンゼルスでした。

日本では強気だった父も、いざロサンゼルス空港へ降り立つと、「このまま日本へ飛んで帰りたい」と思ったそうです。やはり不安は言葉の壁でした。そして、この不安はすぐに現実のものとなったのです。

予約しているホテルへ向かおうとタクシー乗り場を探しましたが、見つからず、近くにいた人に話しかけましたが、言葉が通じません。どうにかタクシーに乗ることはできましたが、今度はドライバーに行き先を告げることができません。ホテルの名前と住所が書かれた紙を見せると、ドライバーは「ＯＫ」と言って走り出しましたが、本当に行き先を理解しているのかどうかも分からず、車窓から見慣れない風景を眺め、「一体どこへ連れていかれるのだろう？　もしかしたら、このままとんでもない場所へ連れていかれて……」と恐怖を感じたそうです。

無事にホテルへ着きホッとしたのも束《つか》の間《ま》、困難はさらに続きました。部屋で一休みした後、食事をしようとルームサービスに電話をかけたのですが、ここでも言葉の壁に阻《はば》まれてしまったのです。父が予約したホテルは世界的にも有名だったので、日本語が通じないとは予想もしていなかったそうです。どうしようもなくなった父は、ちょうど部屋の前を通りかかったベルボーイを呼び止め、おなかが空《す》いていることを訴えました。英語が話せぬ父も幾つか単語を知っており、ゼスチャーを交え、何度も「ハングリー」と繰り返したそうですが、ベルボーイから返ってくる言

葉が理解できず、最後はお互いに頭を抱えてしまい、苦笑いをして別れました。

その頃、ちょうど週末だったため、僕はリハビリセンターから一時帰宅をしていました。時差を計算しながら父を心配していると、そこへ父から電話がかかってきました。

「無事にホテルに着いた。これから何か美味《おい》しい物を食べようと思っている。明日は朝一番で日本大使館へ行き……」

と、父は元気に話してくれました。そして、

「泰之は何も心配をするな。必ずドクターを見つけて帰るから」

と、最後まで不安な気持ちを口に出すことはなく、僕も察することはできませんでした。

しかしその時、父は静かな部屋に一人、空腹感に耐え、次第に込み上げる切なさと闘っていたのです。外食も考えたそうですが、想像以上の言葉の壁の大きさに出かける気力さえも失ってしまったのです。

そこへさっきのベルボーイが部屋を訪れました。そして、何やら告げると再び去っていったのです。父は話の中で「テレホン」という単語だけは聞き取れたそうですが、それがどうしたのかまでは理解することができず、「考えても仕方がない。もうどうでもいい」

と忘れることにしました。しかし、この「テレホン」が奇跡の始まりだったのです。

しばらくすると電話のベルが鳴り、父が受話器をとると、男の人の声で、

「もしもし、千代さんですか？　どうしました？」

「もしもし」という日本語を聞いた瞬間、父は「助かったー」と、ホッとしたそうです。

この男性の正体は別のホテルのフロントマンでした。名前を伊東さんと言います。伊東さんの話によると、先ほどのベルボーイが英語を話せぬ父を見かね、日本語が話せる人を探してくれていたそうです。そして自分の彼女が勤めるホテルに日本人がいることを思い出し、連絡をしてくれたのです。

父は伊東さんに訪米目的、言葉の壁、すべてを話したそうです。すると、伊東さんは、

「そのような事情でしたら、うちのホテルにいらっしゃいませんか？　一般のホテルよりも宿泊代が高いですが、少しでも安くなるように上の者と交渉してみますから」

と言ってくれました。父は、「お金はどんなにかかっても構わない。言葉が通じるだけで十分にありがたい」と伊東さんの気持ちをうれしく思ったそうです。

伊東さんの勧めるホテルは「プリティ・ウーマン」という映画で舞台となった超高級ホ

テルで、ロサンゼルスの高級住宅地ビバリーヒルズにあります。

父が到着すると、伊東さんが出迎えてくれました。伊東さんはがっしりとした体格で髭《ひげ》を生《は》やしており、とても頼もしく感じたそうです。伊東さんはおなかを空《す》かせた父をすぐにダウンタウンへ連れていき、食事をさせてくれました。そして、二人はすっかり意気投合し、冗談を交えて話せる仲になったのです。

翌朝、伊東さんがホテルの宿泊代について支配人と交渉をすることになり、父もその場に同席し、伊東さんに話したように、すべてを支配人に話しました。支配人は伊東さんが同時通訳した父の話をうなずきながら最後まで聞くと、急に立ち上がって父に握手を求め、

「よくここまで来た。あなたの勇気に感動した」

と、快く宿泊代を安くし、そして、

「僕もドクターを探してみましょう」

と、協力することを約束してくれたのです。父には支配人のその言葉がとても心強く感じられ、支配人の気持ちをありがたく感じました。

交渉が終わって伊東さんは仕事に戻り、父も部屋へ戻ったそうです。間もなくして、父

が日本大使館へ行こうと準備をしていると、電話のベルが鳴りました。それは伊東さんからの電話でした。伊東さんは声をはずませ、

「ドクターが見つかりました！」

父は、最初は伊東さんが昨晩のように冗談を言っているのだろうと思いました。しかし、それは冗談ではなく事実だったのです。支配人は交渉の後、すぐに心当たりの人に連絡を取り、ドクターを見つけてくれたのでした。

こうして言葉の壁に屈しそうになった父は、一転してドクターを見つけることができたのです。しかも、そのドクターは世界でも五本の指に入る脳外科の名医であり、みんなを驚かせました。

翌年、僕は自分の成人式の日にアメリカへ渡り、父が探して来たドクターの手術を受けました。残念ながら身体が治ることはありませんでしたが、僕にとって結果がすべてではありません。結果よりも、父が僕のためにアメリカまでドクターを探しに行ってくれたことが、何よりもうれしく、その勇気は僕の自慢です。

父の思い出

パパ、行かないで

僕が幼少の頃、父は仕事で出張ばかりしていました。僕が二歳の時は三ヶ月間も台湾へ出張し、二歳ではまだ物心がついていていないはずなのに、父がいないさびしさや、三ヶ月ぶりの再会の喜びが記憶に残っています。

日本へ帰って来た父はその後、出張先が国内に変わり、月曜日の朝に出張へ出掛けて行き、二週間後の土曜日に帰って来ました。日曜日は一日一緒にいられるのですが、月曜日の朝には再び二週間の出張へ出掛けて行きました。

父が帰って来る土曜日はうれしくてうれしくてたまりません。しかし、幼い僕は夜遅くまで起きていられないので、父には会えませんでした。会えるのは日曜日の朝です。目覚

めると隣に父が寝ているのです。

父と一緒に過ごせるのは二週間に一度の日曜日だけでしたから、その日ばかりはどこへ行くにも父と一緒でした。出掛けた場所の多くはギャンブル場。父はギャンブルが好きで、しかも埼玉県はギャンブル天国！　国が認める四つのギャンブル（競輪・競馬・オートレース・競艇）がすべてありましたので、大宮競輪場、浦和競馬場、川口オートレース場、戸田競艇場へよく連れて行かれました。どこへ行っても父と一緒にいられる喜びでいっぱいでしたが、楽しい時間はあっと言う間に過ぎてしまいます。気がつくと月曜日の朝になっていました。

父が出張へ出掛けると、また二週間後の土曜日まで帰って来ないことを知っていましたので、月曜日の朝はいつも、父が出掛けないようにそばで見張りました。それでも父は時間になると出掛けて行きます。出掛ける気配を感じると、僕は慌《あわ》てて父の後を追い、玄関で毎回大泣きしました。

「パパ、行かないで。パパ、行かないで」

父はそんな僕にやさしく、

「パパはどこにも行かないよ」

と言うのですが、それは苦し紛《まぎ》れの嘘《うそ》でした。

そこへ母が、

「パパはどこへも行かないからトイレへ行ってオシッコして来よう」

と誘います。僕は言われるままにトイレへ行くのですが、父はその隙《すき》に出掛けて行ってしまいました。

時にはこんなこともありました。土曜日のお昼過ぎに父が帰って来るのです。しかし、こんな時は二時間ぐらい家にいて、すぐにまた次の出張先へ出掛けて行きます。帰って来ると知って迎えに行く時はうれしいのですが、見送る時はさびしくてたまりません。玄関の前で見送ろうとするのですが、涙が溢《あふ》れ出します。父もまた僕に泣かれるのがつらいようで、

「あそこの角まで一緒に行こう」

と言ってくれました。しかし、角まで行くと、また僕が泣きながら後を追うので、「次の角まで」、「次の角まで」とキリがありません。最後は父がポケットの中にあるすべての小銭を取り出し、

「これでママに何か買ってもらいな」

と言って僕に手渡します。僕はそのたくさんの小銭を握り締め、母の元へ戻るのですが、再び後を追おうとすると、今度は母が僕の手をギュッと握り、追いたくても追えませんでした。そこでようやく追っても無駄だとあきらめ、父の後ろ姿に向かい、

「バイバイ、バイバイ、パパ早く帰って来てね」

と涙声で手を振りました。父は僕の言葉に応《こた》えるように、何度も振り向いては手を振ってくれました。そして次の角まで行くと、大きく手を振りながら曲がりました。僕は父の姿が見えなくなるまで手を振り続けるのですが、父の姿が見えなくなることを怖く感じ、見えなくなる瞬間、再び大泣きしました。

父の職業は洋服のデザイナーでした。そのため、出張で全国の縫製《ほうせい》工場を回っていたのです。幼少の僕は父の仕事を理解できず、いつも八百屋さんや魚屋さんの友達の家を見て、

常にお父さんと一緒にいられることをうらやましく思いました。何度、「僕のパパも魚屋さんになって欲しい」と思ったことか分かりません。しかし、うれしいこともありました。父はデザイナーですからミシンの扱いはお手のものです。僕の身体を採寸《さいすん》しては、あっと言う間に洋服を作ってくれました。それは何着もあり、僕は子供でありながら生意気にも父とお揃《そろ》いのガウンを着ていたこともありました。

そんな父の職業を誇りに思えるようになったのは小学三年生の時です。僕が学校から帰ると父がいて、洋服の型紙を作っていました。この時、初めて仕事をする父を見たのですが、その姿は格好良く、初めて父の仕事を理解した瞬間でした。それまではデパートへ行って父がデザインした洋服を見ても何とも思わなかったのですが、それ以来、父の仕事に興味を持ち始め、父はすごい人なんだと自慢に思えるようになりました。

少しぐらい悪いほうがいい

父を一言で言えば、今は亡き漫才師の横山やすしさんと映画『男はつらいよ』の寅さんを合わせて二で割ったような性格です。気が小さく、とても短気で喧嘩っ早《ぱや》いのですが、とても真っ直ぐで情にもろいところがありました。僕が幼稚園の頃、年上の子供にいじめられて帰ると、たとえその子が小学生であっても、バットを片手にその子の家へ殴り込んで行きました。タクシーやバスに乗れば運転手と喧嘩をします。しかし、意味がなく喧嘩するのではありません。すべては僕を守るためでした。例えばバスの中が混雑していると、子供の僕は押し潰《つぶ》されそうになります。それでも運転手はお構《かま》いなくバス停のお客さんを乗せようと停まります。すると、それまで僕に、

「大丈夫か？　痛くないか？」

とやさしく声をかけていた父が、突然運転手に向かって大声で怒鳴《どな》るのです。

「もうこれ以上は乗れないよ！」

それでも運転手が父の言葉を無視し、お客さんを乗せようとバス停へ停まると、今度は乗客をかき分け運転席まで行き、喧嘩を始めるのです。一度はバスが走行中だというのに、運転手に対しヘッドロックしたこともありました。大人になった今、思い出すと恥ずかしく感じる部分もありますが、子供の頃はとても頼もしく感じ、僕も父のような正義感の強い大人になりたいと思いました。

僕のしつけや教育に関して、父は放任でした。僕がよほどの悪さをしない限り怒ること
はなく、学校で悪さをして呼び出されたり、友達をいじめて苦情が来たりしても、

「男の子なんだから」

と言い、「時には叱って欲しい」と願う母を困らせていました。

高校二年生の時、いつものように学校から呼び出しがありました。勉強をせず、学校で
反抗的な態度をとっていたことで、進級できないかもしれないというのです。

「私はもう行きたくない！」

母は真剣に怒っています。「行きたくない」と言うのはいつものことで、そのたびに父
から、

「先生に叱られるぐらい、大したことじゃないだろ」

と言われ、渋々行っていたのですが、この時は母も我慢できなかったようで、

「そんなことを言うなら、お父さんが行ってよ」

と口論《こうろん》になりました。すると父が、

「一度くらいは泰之の学校へ行くのもいいな。先生が何か言ったらビシッと言ってやる」

と言い出し、学校へ行くことになりました。父が先生に何をビシッと言うのか分からず、喧嘩でも仕掛けるのではないかと不安に思いましたが、先生が何を言ったとしても父は僕には滅多なことでは怒りません。それに、「少しぐらい悪い方がいい」と言っていましたので、母ではなく父が学校へ行くことになって気が楽になりました。

ところが、学校で先生の話を聞いた途端《とたん》、ビシッと言うどころか、僕と口を利《き》いてくれなくなってしまいました。父はまさか僕が学校でそこまでひどい生活をしているとは思っていなかったようです。さすがの父も先生に言い返すことができず、プライドが高い父は、「泰之に恥をかかされた」と怒ってしまいました。

学校の帰り道、気まずい雰囲気でいると、突然父が、

「しかし、お前は一体……」

そう言うと、少し間をおいて怒鳴《どな》りました。

「学校で何やってんだ！」

その瞬間、久しぶりに怒った父の姿に驚き、心の中では、「少しぐらい悪い方がいいって言ってたじゃん」と思いましたが、そんなことを言える雰囲気ではありませんでした。

この時以来、父は二度と学校へ行きませんでした。

競馬新聞の読める小学生

父との会話はほとんどがギャンブルの話題でした。小学四年生の頃から、父は月曜日に出張へ出掛けても、その週の土曜日に帰って来るようになったので、週末は一緒に過ごせるようになりました。一緒にお風呂へ入りながら、たくさんの話をしました。小学生の僕としては学校の話や友達の話を父に聞いて欲しかったのですが、父は、

「うん、そうかぁ。へぇー。良かったなぁ」

と、どこか気のない返事ばかりだったのです。しかし、ギャンブルの話になると、

「競輪の藤巻昇と弟の清志がな、オールスター競輪で優勝と二着だったんだよ。去年の高松宮杯競輪では清志が優勝で、兄貴の昇が三着だっただろ。覚えているか?」

「オートレースの広瀬登喜夫が、こんなふうにバイクを揺さぶりながら他の選手を抜いて行くんだよ」

と言葉だけではなく、動きを身体で表現し、夢中になって話してくれました。決して学校の話を聞いてくれないわけではないのですが、ギャンブルの話の方が一所懸命に話してくれるので、そのうち僕も学校の話はしなくなりました。

そんな父の影響で、僕はいつの間にかギャンブルの世界に詳しくなりました。大人でも競馬新聞の読み方が分からない人が多いと思いますが、僕は小学生でありながら読むことができ、父と互角に競馬の予想を楽しみました。

お小遣《こづか》いはいつも母から決まった額をもらっていました。しかし、父もまたくれました。小学生の頃は友達と遊んでいると、父はポケットの中から小銭を出し、

「みんなで使いなさい」

と手渡してくれました。小銭なので大した金額ではありませんが、時には百円玉が何枚もあり、子供の僕たちにとっては充分すぎるほどの金額でした。中学生の頃になると、毎週日曜日に千円くれるようになりました。母からは月に三千円もらっていましたので、父

からもらうお小遣《こづか》いを足すと七千円になりました。中学生の頃は父からもらうお小遣いがうれしかったのですが、高校生にもなると、何だか申し訳なく感じるようになり、いつの間にかお小遣いがなくても、

「あるから大丈夫」

と嘘《うそ》を言ってもらわなくなりました。それでも父は僕の顔を見ると、

「小遣いはあんのか?」

と訊《き》きます。最初は僕に小遣いを渡すことを反対していた母が、僕があまりにも拒否するので、最後には父のいない場所で、

「たまにはお父さんからお小遣いをもらいな。お父さん、泰之にお小遣いをあげたいんだから」

と言うようになりました。

「だって申し訳ないよ」

「いいの。お父さんは泰之が喜ぶ顔が見たいんだから」

僕がお小遣いをもらうことで父が喜び、僕もお小遣いが増えるならば一石二鳥だと思い

ましたが、やはり申し訳ないという気持ちが強く、「ちょうだい」とは言えませんでした。

父は僕を競輪選手にしたかったようです。ミスター競輪と呼ばれた中野浩一選手は陸上の短距離選手から競輪選手になり、世界一になりました。僕は小学生の時しか陸上の経験がありませんが、短距離には自信があり、毎年運動会ではリレーの選手に選ばれていたので、父はその姿を見て、僕が競輪選手になっても通用すると思ったのかもしれません。僕も父から中野浩一選手や活躍する藤巻昇・清志兄弟の話を聞かされ、洗脳されるように競輪選手になりたいと思うようになりました。しかし、高校生になるとオートバイに興味を持ち始め、いつの間にか競輪選手よりもオートレース選手に憧《あこが》れを持つようになりました。

十六歳になればオートバイの免許を取ることがで

きます。オートレースの選手になるためにもすぐに免許を取ろうと思いました。しかし、高校では禁止されています。見つかればどのような処罰があるか分かりません。この当時は体罰が当たり前のように行われており、殴られることも覚悟しなければなりませんでした。殴られるのは嫌ですが、それでも免許が欲しく、内緒で取ろうと思っていたら、学校以外にも思わぬところに反対者がいました。それは父でした。父は若い頃オートバイを乗り回していたそうです。その時に危険な目に何度も遭《あ》い、悲惨な事故も何度も見てきたそうです。オートバイは車と違い、事故に遭うと衝撃を全身で受けます。事故に遭った時のことを考えると、とても危険な乗り物です。その怖さを知る父は、僕の免許取得に猛反対でした。それでも僕は免許が欲しかったので、何とか父を説得しようと思いましたが聞く耳を持ってくれません。その代わり、父は車の免許を取ることを許してくれました。そして、オートバイは乗らないという条件付きで中古のチェイサーという車まで買ってくれました。もちろん高校では車の免許を取ることも禁止されています。しかし、七月生まれの僕は夏休みを利用し、学校には内緒で免許を取ってしまったのでした。

三日間の家出

高校三年生の後半は車を乗り回しました。車の運転が楽しく、彼女を乗せてドライブへ出掛けたり、両親を連れて買い物へ出掛けたり、たくさんの思い出ができました。

こんな思い出もあります。それは高校三年の冬にした家出です。家出の原因は父との些《さ》細《さい》な喧嘩でした。

父が仕事から帰って来たので、好きなテレビ番組を見せてあげようと思い、

「チャンネルを変えていいよ」

と、やさしい口調で言ったのですが、父からは思いもよらないトゲのある言葉が返って来ました。

「そうだよな。こんなくっだらねぇ番組」

以前にも同じようなことを言われ、不満に思っていた僕は、思わず父をにらみつけて言い返しました。

「そういう言い方はないいんじゃないの」

反抗的な僕の態度に父は逆上し、声を荒立てました。

「くだらない番組をくだらないと言って何が悪い。気に入らないなら出て行け！」

「あー、気にいらねぇな。出てってやるよ」

売り言葉に買い言葉で、僕は出て行くことになってしまいました。母は帰って来た父の食事を作ろうと台所にいたのですが、和室で突然父と僕が怒鳴《どな》り始めたので、慌《あわ》てて飛んで来ました。そして僕が出て行こうとするところを必死で止めました。僕は母の制止を振りほどいたのですが、この時は殺気だっていたので思わず手が出るところでした。母を殴らずにすんで良かったと頭の片隅で思いながら、三日後に期末試験を控えていた僕は、教科書と筆記用具を車の後部座席へ勢いよく放り投げ、車を急発進させました。

母の話によると、その後、父は喧嘩になってしまったことを後悔していたそうです。まさか僕が本当に出て行くとは思っていなかったようで、車さえなければ出て行くことができなかったのにと思ったようです。ちなみに僕は友達の家を転々と泊まり歩いていたのですが、期末試験前夜、学生服を持たずに出てしまったことに気づき、家へ戻りました。

父はその後、この時の話を笑い話として何年経っても繰り返していました。僕もまた、高校生の身分でありながら車で家出をしたことはいい思い出となりました。

正しいと思うならば意志を通せ

高校を卒業し、社会人になりましたが、生活態度が落ち着くことはなく、気に入らないことがあれば、相手構わず喧嘩をしました。喧嘩の原因は本当に些細《ささい》なことです。例えば人と目が合えば、僕の方からは絶対に反《そ》らしません。反らすことは負けを意味していますので、相手が反らすまで待ちます。相手も反らさず、にらみ返して来たら喧嘩になるしかありませんでした。今から思えばくだらないことですが、この当時は相手に勝つことを「男のプライド」と考え、それを守ることで必死でした。

本当は僕も喧嘩をすることを怖く感じていました。喧嘩をしている時は相手を倒すことしか頭にないので恐怖を感じる余裕はありませんが、家へ帰って夜寝る頃になってから、「怪我をしなくて良かった」と怖くなり、震えたことが何度もあるのです。しかも喧嘩には相手がいます。時にはやり過ぎて、相手を半殺しの目にあわせてしまうこともありました。鼻血を流して倒れている姿を思い出し、「そこまでやる必要はなかった」と悔《く》やみ、相手に対して申し訳ない気持ちでいっぱいになりました。そのたびに喧嘩はしないと誓うのですが、それもその時だけで、またしても男のプライドを守るために喧嘩をしてしまうのでした。

特に会社には同期入社の同僚が百人以上いて、粋《いき》がっている奴もたくさんいたので、気に入らない奴には機会をうかがって喧嘩を仕掛けていました。喧嘩の相手は同期の同僚だけではありません。新入社員だと思って馬鹿にする先輩社員もまた標的でした。障害者になってから会社での喧嘩の数を数えてみたのですが、入社して事故に遭《あ》うまでの十ヶ月の間に二十一回していました。当然、そのうちの何回かは直属の上司にも知られており、二十一回目の喧嘩の時には、

「今度喧嘩をしたら、頭を坊主にするか、会社を辞《や》めろ」

と叱られました。しかし、そんなことで喧嘩を止《や》めようとは思いませんでした。逆にそんなことを言われたら、たとえ会社をクビにされようとも、「喧嘩を続けてやる」と思いました。

この喧嘩の話にも父が関係しています。実は父もまた自分の会社で喧嘩をしていました。父は洋服のデザイナーでしたから、人に使われるのではなく、常にリーダーシップをとって仕事をしていました。普段は従業員を笑わせる、とてもやさしい父ですが、気に入らな

いことがあったためにデザインをせず、縫製工場を三日間ストップさせたこともありました。洋服のデザイナーを辞め、営業の仕事に就いた時も、新しく来た支店長が社員に対して馬鹿にした態度をとったため、父がみんなの代表となって支店長と喧嘩をしました。

父はよくこんな話をしてくれました。

「男ならば喧嘩をしなければならない時がある。たとえ相手が上司だろうと社長だろうと、自分が正しいと思うならば意志を通せ。それでクビになるような会社はその程度の価値しかない。絶対に会社に媚《こ》びるな。逆に〝俺は会社のために働いてやってんだ。いつでもこんな会社辞《や》めてやる〟という気持ちでいろ！」

考え方が少しハチャメチャすぎますが、男ならばこのぐらいがちょうどいいと思います。

僕はこんなハチャメチャな父を、子供の頃から尊敬し、憧れてきました。

第二章　迷惑をかけてしまうな、ごめんな

病院嫌いの父

一九九六年の秋

「どうしたの？　気持ち悪いの？」

母が父にたずねました。その声を聞いて父を見ると、父は新聞を読みながら胃のあたりを「の」の字にさすっていました。

「ん？　こうしていると気持ちがいいんだ」

これが体調不良を訴えた最初でした。しかし、僕は父の胃の痛みをそれほど心配しませんでした。父は繊細でこの頃も何かに悩んでいたようでしたし、また、ちょうどこの時期は栗拾いができるようになったばかりだったので、栗拾いが大好きな父は、昼も夜も関係なく山へ行き、たくさん拾ってきては食べていました。僕も父が拾ってきた栗を食べ、同じように胃に痛みを感じていたので、単純に父も栗の食べすぎだと思ったのです。

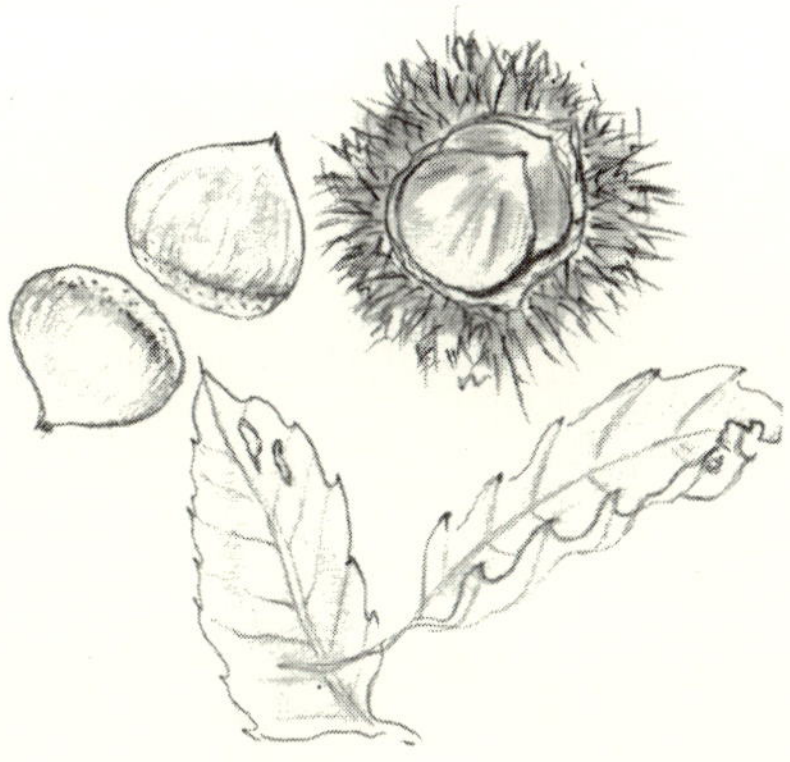

胃に痛みが出始めて間も無く、外出から帰って来た父がこう言いました。

「痛みの原因は胃潰瘍みたいだからすぐに治るよ」

父の話を聞いていると、どうやら外出先でも痛みが出てしまい、たまたま一緒だった知り合いが父の症状を聞いて、こんなことを言ったようです。

「それは胃潰瘍の症状だから牛乳を飲んでみな。すぐに痛みが治まるよ」

言われた通りに牛乳を飲んでみると、それまでの痛みがウソのように治まったと言うのです。

この頃から父は胃がもたれるからと言い、毎晩お粥《かゆ》を食べるようになりました。父は元々歯が悪く、消化のいいお粥や煮込んでトロトロになったうどんを好んで食べていましたので、僕は少しも変だとは思いませんでした。

その後、胃を擦《さす》る行動は続けていたものの、痛みを口にすることはなくなり、また、十一月に入ると、祖母（父方）が急に亡くなり、なんだかんだと忙しくなったため、僕も母もいつの間にか父の胃の痛みを忘れてしまいました。

一九九七年新春

年が明けた一月中旬、埼玉の家へ行くと（この当時は栃木県と埼玉県に家があり、一週間おきに行ったり来たりしていました）、父の友人が遊びに来ました。母がお茶を出しに部屋へ行くと、父の友人は父にこんなことを言っていたそうです。

「千代さん、胃潰瘍だって放っておいたらガンになるんだからね」

母はそれを聞いて驚きました。

「まだ胃が痛いの？」

「痛いよ」

父は母の心配をよそにあっけらかんと答えたそうです。

「痛みがあるんだったらどうして病院で診《み》てもらわないの？」

母に続き、父の友人も父に病院へ行くように話してくれました。

胃潰瘍がガンに変わることもあるという話は父も知っていて、とうとう観念したのか、病院で胃カメラの検査を受けると約束しました。これは後になって分かった話ですが、この日に至るまでにも、親戚や知り合いの家へ行っては胃の痛みを訴え、近いうちに胃カメラ検査を受けようと思っているという話をしていたそうです。しかし、父は口だけで病院へ行こうとはしませんでした。病院が怖かったのです。本当ならば無理矢理にでも僕や母が連れて行くべきでしたが、病院の話を始めると父は怒り出すので、それができないまま時間ばかりが過ぎていきました。

三月

父がトヨタ自動車の販売店からチェイサーという車のカタログをもらってきました。父はチェイサーがお気に入りで、チェイサー以外の車を買ったことがありませんでした。僕も免許を取って最初に買った車がチェイサーだったので、父がチェイサーを乗り続けることに大賛成でした。

この当時、父が乗っていたチェイサーは購入してから七、八年経《た》っており、車検が近づいていました。父はもう一度車検を通すか、それとも新車に買い換えるか悩んでいたようです。父の本心としてはカタログをもらって来た時点で買い換えたいという気持ちが強かったと思いますが、お金の問題を考えると、自分の考えだけで「買う」とは言えなかったようです。そのため、父は僕にカタログを何度も見せては、僕が買おうと言い出すのを待っているようでした。

父が新車を買いたがる気持ちは分かっていましたが、僕はなかなか同意できませんでした。一つ目の理由はやはりお金の問題です。しかも父は車に話しかけるくらい車を大切にしていました。血液型はA型できれい好きでしたから、雨の日以外は真夏の暑い日でも真冬の寒い日でも毎朝の洗車を欠かさず、車は常にピカピカの状態でした。乱暴な運転は決してせず、七、八年が経ったその当時ですら新車と言ってもいいくらいだったので、買い換えるのはもったいないと思いました。二つ目の理由は愛着です。七、八年も乗っていると、車でありながらもすでに家族の一員です。その家族と別れることを思うとさびしさを感じました。この二つが新車購入の大きな反対理由でした。

しかし、体調が悪い父を見て、「もしものことがあったら、せっかく新車を買っても無駄になってしまう」と考えてしまう自分がいて、そんな縁起でもないことを考える自分が嫌で反対するのは止めようと思いました。また、父はたとえ僕が反対したとしても最終的には自分の意志を通す人でしたから、自分で新車を買うと決めたら僕の意見は聞きません。僕はそれ以上反対するのを止《や》めました。

その後、父は新車を買うことに決めました。その時、僕にこんなことを言いました。

「体調が悪いのは、『病は気から』と言うように気持ちが関係しているのかもしれない。新しい車に乗って気持ちが新たになったら体調が良くなるかもしれないから買うことに決めた」

これは本音とも買うための口実ともとれますが、僕は父の体調のことで縁起でもないことを考えてしまう自分が嫌だったので、父が言うことを素直に受け取り、最後は快く賛成しました。

俺はまだ死ぬ歳じゃないよな

四月一日

あれほど病院が嫌いだった父が、自ら病院へ行くと言い始めました。日に日に増していた痛みが限界に達したのです。僕も母も診察の結果を恐れていましたが、たとえ最悪の結果が出たとしても、今は早期発見・早期治療で治る時代です。病院へ行って診《み》てもらうだけでも安心できると思いました。しかし、ホッとしたのも束《つか》の間《ま》でした。父は、病院でも近くの診療所へ行くと言い出したのです。決して診療所を見下しているのではありませんが、せっかく診てもらうのでしたら設備が整っている大きな病院で診てもらって欲しいというのが僕と母の願いでした。しかし、父は一度言い出したら誰の話も聞きません。

「大きな病院は待たされるから嫌なんだ」

そう言うと診療所へ向かってしまいました。僕も母も不安でしたが、父の行動に任せるしかありませんでした。

診療所から帰って来た父は上機嫌でした。

「やっぱり胃潰瘍だって。先生に『典型的な胃潰瘍です。いい薬がありますから、これを飲んで三ヶ月で治しましょう』って言われた」

父も最悪のことが頭によぎっていたのだと思います。「三ヶ月で治しましょう」という言葉を聞いてホッとしたようでした。

しかし、診察の様子を聞いて少し不安になりました。先生は父の症状を聞いて、あとは触診《しょくしん》をしただけだと言うのです。レントゲンを撮るわけでもなく、胃カメラ検査をしたわけでもなく、これで本当に胃潰瘍だと診断できるのでしょうか？　僕も母もその診断結果には半信半疑でした。

診療所へ行ってから、父はその薬を飲み始めました。先生を信じ三ヶ月で治すと意気込んでいましたが、その気持ちとは裏腹に胃の痛みはさらに増していきました。

四月二十四日

この日は三月に注文したチェイサーの新車が届く日でした。父は朝からそれまで乗っていた車を、この日まで事故もなく無事に走ってくれたことに感謝しながら、外装も内装もピカピカに磨《みが》き上げました。これはあくまでも僕の想像ですが、父のことですから、きっと何度も「ありがとう」と声をかけながら磨いていたに違いありません。

待ちに待った車が届いたのは夕方でした。早速、父は運転席に座り、ハンドルの位置を合わせたり、カーオーディオやその他の内装を触ったり、その姿はとても楽しそうで、車に泊まるのではないかと思うほどでした。

父は新車を手に入れたことがよほどうれしかったのでしょう。それまでにも増して車の話や車で出掛けることが多くなりました。僕は父が言っていたように、新しい車が届いたことで気持ちも新たになり、体調が良くなることを願いました。

五月十九日

この日の午前中、両親と僕は埼玉から栃木の家へ向かっていました。高速道路を走っていると、突然父が激しい胃の痛みに襲われました。僕は助手席に乗っていましたので、異常なまでに苦しんでいる父の様子がよく分かります。

「お父さん、やっぱりちゃんとした病院で診《み》てもらった方がいいよ」

父は車の運転を続けていましたが、ぐったりとしてとても僕の話など耳に入っていない様子でした。

しばらくすると、

「午後、Mさん（M胃腸科クリニック）へ行ってくる」

父は決心したように小声で呟《つぶや》きました。

五月二十一日

この日は十九日の午後に受けた診察の結果が出る日でした。

M胃腸科クリニックから帰って来た父は先生に言われたことを話してくれました。

「やっぱり胃潰瘍だって。診療所でもらった薬を見せたら、『これはいい薬だから飲み続けなさい』って言われた」

僕はその話を聞いて、「それだけ?」と思いました。

「胃カメラ検査は?」

十九日は予約無しで行ったため、胃カメラ検査を受けられなくても仕方ありませんが、診察結果が出たこの日は先生から胃カメラ検査を勧められるのが当然だと思っていました。

「先生が何も言わなかったから、お父さんの方から『胃カメラ検査をしたいと思っているんですが』と言ったら、『検査しますか?』と驚かれた。そして先生はカルテを見ながら、『年齢も五十歳を過ぎているから一度検査してみるのもいいですね』と言って、二十六日の午後に予約を入れてくれた」

胃腸科の先生も診療所の先生と同様に父から症状を聞き、あとは触診《しょくしん》しただけだったそうです。僕は医学について素人ですが、そんな診察で本当に大丈夫なのかと疑問に思いました。しかし、M胃腸科クリニックは近所では評判が良く、二つの病院で同じ診断をしたということで少し安心しました。また、「(胃カメラ)検査しますか?」と先生が驚かれたということは、最悪の結果が出る可能性は少ないと思いました。ただ、父の胃の痛みが普通ではなく、さらに増していくことだけが不安でした。とりあえず、胃カメラ検査をすればすべてが分かるので、その結果を待とうと思いました。

五月二十六日

胃カメラ検査を終えた父が帰って来ました。車を車庫に入れ、玄関へ入ってきた父は出迎えた母に向かい、「ただいま」も言わずに、まるで溜息をつくかのようにこう言いました。

「最悪になっちゃった」

その第一声は、僕の部屋まで届きました。その瞬間、真っ先に「ガン」の二文字が頭に浮かび、元々身体の感覚はありませんが、ゾォーッとして全身の感覚がなくなり、宙に浮いているかのような錯覚を起こしました。

玄関を入った父は普段でしたらそのままリビングへ向かうのですが、この日はすぐに階段を上がり始めました。姿は見えませんが、行動は足音で分かります。そして真《ま》っ直《す》ぐ二階にある僕の部屋へ入って来ることも予想できました。真っ直ぐ僕のところへ来るということは、僕に話があるはずです。僕は何を言われるのかと不安でいっぱいになりました。

父は部屋へ入るなり、こう言いました。

「泰之、ごめん。お父さん最悪になっちゃった」

そう言うと、椅子を僕のベッドの脇に置いて座りました。母も父の後を追って、僕の部屋へ入って来ました。

僕は「これ以上、何も聞きたくない」という気持ちと、「一体どうなってしまったの?」という気持ちが入り混じりました。父の返事を聞くのが恐かったのですが、恐る恐る訊《き》いてみました。

「ガン?」

父は少し間をおいて返事をしてくれました。

「まだガンにはなっていないけど、その一歩手前だって。ここまで（胃潰瘍が）悪化したら、手術以外に治す方法は無いそうだ」

少し考え込んでいたので、どのように説明をしようか考えていたのだと思います。また、手術を受けるということを話しにくかったようにも思えました。

胃カメラ検査の結果はその場で出たようで、父は結果を聞かされていました。先生から手術以外に治す方法がないと説明を受けた時、父は先生にこう話したそうです。

「家には障害を持つ息子がいます。その息子の面倒を私が看《み》なければなりませんので、家を空けるわけにはいきません。手術以外に治す方法はありませんか?」

そう言って何度も先生に食い下がったそうです。しかし、手術以外に治す方法がないと言われ、逆に、

「このままだと胃潰瘍が悪化してガンになります。そうなってからでは取り返しがつきませんよ。一日も早く治して息子さんの面倒を看た方がいいのではないですか?」

と説得されてしまったそうです。

僕も母も、とりあえずガンではなかったことにホッとしました。確かに父が家を留守にすることは不安でしたが、手術をして治るのでしたら、一刻も早く受けて元気になって欲

しいと思いました。しかし、その後、父が母へ言った一言が引っ掛かりました。

「明日、一緒にMさん（M胃腸科クリニック）へ行ってくれないか？　家族にも症状を説明すると言っているから」

その話を聞いて真っ先に思い浮かんだのは、やはりガンの告知でした。考えてみればガンの告知を患者本人にするわけがありません。きっと先生は母を呼び出し、告知するのだろうと思い、ますます僕は不安になりました。父は先生が家族を呼ぶ理由を話してくれました。

「手術となれば患者が動揺して、ちゃんと説明を聞くことができなくなるから、家族の人に説明をするそうだ」

半信半疑ではありましたが、言っている意味も理解できましたし、告知という最悪の展開を考えたくない僕は、とりあえず父の言葉を信じようと思いました。

その晩、不吉なことが起こってしまいました。

不吉なことの話を書く前に、僕がそれまで経験した不思議な話を書きます。

僕は宗教や宗教的な考えを好みません。したがって神や仏を信じず、ましてや心霊現象などまったく信じません。そんな僕ですが、不思議な経験をたくさんしています。

ラスベガスへ行った時の話です。父と母が支度《したく》をする間、ホテルの窓から勢いよく流れている雲を眺めていたら、なんとその雲が「ｗｉｎ」という形になり、あっと言う間に崩れていきました。ラスベガスでは飛行機で空に文字や図形を描く光景をよく目にしますが、僕が見たのは自然現象で起こったことであり、飛行機が描いた文字ではありませんでした。その時、僕はロサンゼルスに住んでおり、七月十三日から二十七日までラスベガスへ遊びに来ていました。その雲を見た二十四日まではゲームで負けが続いていたのですが、その雲を見てからは勝ち始め、帰りの二十七日までの四日間は勝ち続けたのです。

また、こんなこともありました。車に乗っていてある交差点へ差しかかった時、近いうちにここで交通事故が起こるという予感がしたのです。それから二週間後にその交差点を通ると、花束とお供え物が置いてありました。他にも書ききれないほどの不思議な経験をしました。

不思議な経験の一つに声が聞こえるということがあります。それはいつも若い女の子の

声で、聞こえるのは決まって夜寝る前です。きっと半分眠りに入っていて、脳が誤作動を起こしているのだと思いますが、その女の子の言うことは百パーセントと言ってもいいほど当たるのです。

こんなことがありました。栃木の家を建てている頃、父が僕に、「明日、泰之が目覚める前に栃木へ向かって、家を建てている様子を見てくるから」と言ったことがありました。僕は寝る前に、そのことを思い出し、「そう言えば、明日は僕が目覚める前に、お父さんは栃木へ向かうんだなぁ」と考えました。その瞬間、女の子の声が聞こえたのです。

「帰って来ないよ」

帰って来ないと言われても、父はそれまでどんなに遅い時間になっても必ず帰って来ていましたし、栃木には親戚の家が多くあり、父の実家もあるのですが、父は実家でさえ泊まることを拒否していました。また、栃木の家と埼玉の家は高速道路を使えば一時間ちょっとの距離なので帰れないはずはありません。その父が帰って来ないということは事故に遭《あ》うとか、何か不吉なことが起こるとしか考えられませんでした。それまでにも女の子の声が何度も聞こえ、慣れていた僕は会話をすることもあり、この時も訊《き》き返しました。

「なんで帰って来ないの？」

「なんでも帰って来ないよ」

「帰って来ないとしたら、事故しか考えられないんだけど……」

「なんでも帰って来ないよ」

僕がどんな質問をしても、答えはすべて「なんでも帰って来ないよ」でした。

翌日の朝、僕が目覚めると、父は言葉どおりすでに栃木へ向かっていました。女の子の声が言っていることがあまりにも不吉だったので、自分の胸に留《とど》めておくことが不安で母に話しました。

「お父さんは今日泊まるって言ってた？　帰って来るよね？　また女の子の声が聞こえて、『帰って来ないよ』って言われたんだけど、帰って来ないとしたら事故に遭うとか、何か悪いことだよね……」

母は僕が時々女の子の声を聞き、言うことが当たることを知っていました。しかし、僕の不安を取り除くかのように言いました。

「お父さんのことだから遅くたって帰って来るでしょ。無事に帰って来るから心配しなくていいよ」

母に話したことで、そして母の言葉で気持ちが楽になりました。たとえそれまで女の子の声が言ったことが当たっていたとしても、偶然だったのかもしれません。過去は過去として当たったことを認めても、これから先のことは当たる保障はないと冷静に考えました。しかしその夜、父から電話がありました。

「今日は遅くなってしまったから、こっちのホテルに泊まるから」

それまで何度も栃木へ行っていましたが、こんなことは初めてでした。女の子の言っていたことがまたもや当たってしまったのです。

不吉な話に戻ります。

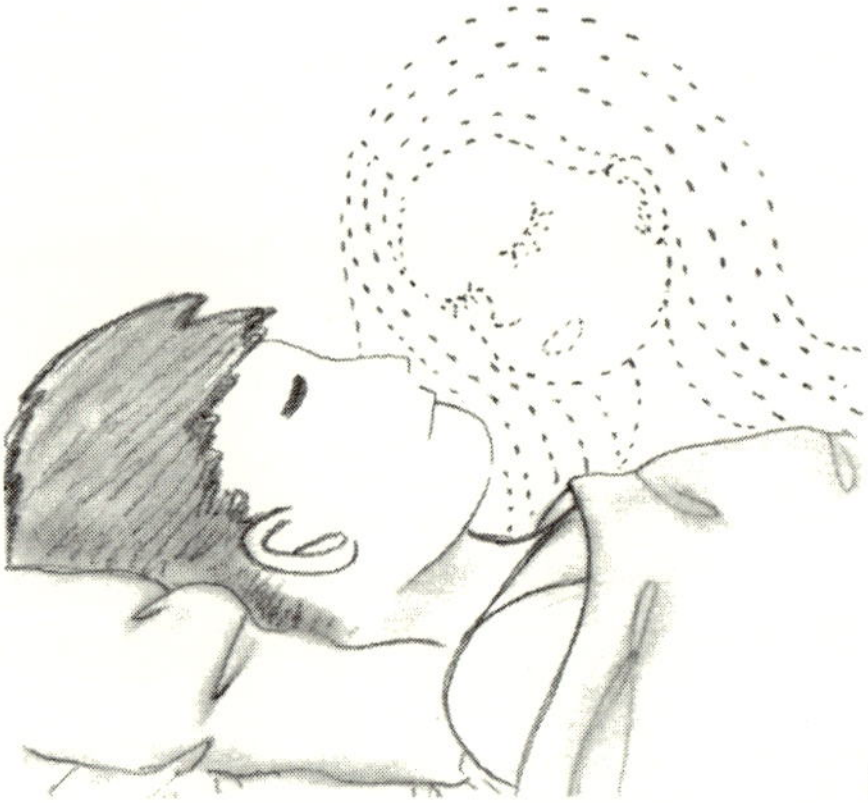

父が胃カメラ検査をした夜にも女の子の声が聞こえたのです。寝る前に、「明日はお母さんが先生に告知されませんように」と思った瞬間でした。

「ガンだよ！」

それにはビックリしました。それまで的中率が百パーセントと言っても過言ではなかっただけに不安が倍増しました。その後、いつものように僕はいろんな質問をしました。しかし、この日はそれ以上、女の子の声は聞こえませんでした。

五月二十七日

母は父と一緒にM胃腸科クリニックへ行きました。僕は母が家を出る前に、告知があってもなくても、すべてを僕に話すようにお願いしました。そして僕は家で留守番をしながら告知されないことを祈り、家で一人、父と母の帰りを待ちました。

待つ時間は長く感じ、不安がつのります。父の無事を祈り、半年前に他界した祖母に話しかけてみたりしました。気晴らしにテレビを見ようとすると、時計やビデオのカウンターが四十二分や四十九分、四十二秒や四十九秒ばかり目についてしまい、「四十二」や

「四十九」を嫌う父を嫌っていましたが、この時ばかりは僕もこの数字を見るとドキッとしました。

そこへ電話がかかりました。ドキドキしながら出ると、母からでした。

「今、お父さんが検査を受けていて、待たされているから帰るのが少し遅くなりそう」

「告知はされていない？」

「されていないよ」

母の声は明るく元気でした。もし告知をされるとすれば母が一人の時です。父が検査を受けている今、告知をされないということは、このまま されないのではないかと少し安心しました。

それから二時間ほど経った頃、父と母が帰って来ました。父が車を車庫に入れている間、母が僕の部屋へ入って来ました。告知のことが気になっていた僕はすかさず訊《き》きました。

「告知は？」

「告知はされなかったけど、かなり悪いみたい。あとで詳しく話すから」

母はそう言うと、部屋着に着替えるために別の部屋へ急ぎました。その時の深刻な様子がとても気になりました。

母は病院で告知はされなかったものの、父と一緒にレントゲンと胃カメラで撮った胃の内部の写真を見せられたそうです。母は医学については素人ですが、その素人の母でさえも分かるほど父の胃の内部は悪化していたそうです。

M胃腸科クリニックの帰り道、父は車の中で母にこんなことを言いました。

「俺にもしものことがあったら、泰之と二人で仲良く生活していってくれよな」

「何を言っているの。お父さんがいなくなったら、私も泰之を殺して後を追うから」

母は本気でそう言ったのではなく、弱気になっている父に檄《げき》を飛ばすつもりだったようです。しかし、父は静かにこう言ったそうです。

「そんな悲しいことを言うなよ」

母の冗談はこの時の父には通じなかったようです。そして父は続けました。

「埼玉の家の金庫にビロードのカバーの手帳が入っている。その中に福祉関係からすべてのことが書いてあって、俺にもしものことがあってもそれを見れば分かるようになっているから」

それは遺書のようにも思えますが、それとは違い、普段から書くことが好きだった父が、万が一、自分が突然いなくなってしまっても僕と母が困らないようにと福祉関係や銀行関係などの連絡先、担当者の名前などを書いておいてくれた物でした。

そして、最後に父はこんなことを言ったそうです。

「俺はまだ死ぬ歳じゃないよな……」

お風呂へ入ったら気持ちいいだろ

五月二十九日

この日は母の誕生日でした。いつもでしたらささやかですが美味《おい》しい物を食べて祝うのですが、今年は父が一緒に食べられないことや、手術を受けることになったことから、母の誕生日は父の快気祝いと一緒に祝おうという話になりました。

父は自分のせいで母の誕生日を祝えないことを申し訳なく思っていました。同時に僕に対しても申し訳なく思っていたようです。

「泰之には迷惑をかけてしまうな。ごめんな」

溜息まじりで言いました。父が言う迷惑とは普段父が僕にしていることが、入院をしてしまうとできなくなってしまうということです。例えばリハビリや入浴です。

「何も心配しなくても大丈夫！　リハビリはお母さんにしてもらうし、入浴は無理だけど、アメリカの病院で教わったようにベッドの上でも身体は洗えるから。今は僕のことよりも自分の身体を第一に考えて一日も早く元気になってね」

いくら僕が大丈夫だと言っても、父の申し訳ないという気持ちには変わりがなかったようでした。父は続けました。

「お父さんが入院している間、退屈な思いをさせてしまうな」

それまで埼玉と栃木の家を行ったり来たりし、埼玉の家へ行くと小学・中学・高校時代の友達が遊びに来てくれていました。しかし栃木には友達がおらず、友達と会うことを唯一の楽しみにしている僕のことを心配していたのです。

「そんなことは心配しなくていいよ。友達とはメールや電話で連絡を取り合えるし、ドライブだって従兄弟たちにお願いして連れて行ってもらうから」

僕は父に、僕がドライブできないことも申し訳なく思っているのだろうと思い、安心させるつもりで話したのですが、この時の「ドライブ」という言葉は余計でした。父はその言葉に反応し、思いついたように言いました。

「今からドライブへ行こう」

「えっ、大丈夫なの？」

「ぜーんぜん大丈夫！」

父は大丈夫な振りをしていましたが、十九日に大きな痛みが出て以来、体調がすぐれませんでした。とりあえず僕一人では答えを出せないので、父の体調をよく知る母に相談してみることにしました。

僕のベッドにはインターホンが置いてあります。決して大きな家ではありませんが、ベッドから動けない僕が大声で家族を呼んでも聞こえないことがあるため、家の中にもインターホンを設置してあるのです。インターホンを押すと、母が一階で出ました。

「今からドライブへ行く？」

僕がそう言うと、母は慌《あわ》てました。

「えっ、ちょっと待って。今、二階へ行くから」

母はすぐに階段を上がり、僕の部屋へ入ってきました。僕も父の身体が心配でしたが、母は病院の先生に胃の内部の写真を見せられ、注意すべきことを聞かされていたため、僕以上に心配をしていたのだと思います。母はドライブに猛反対でした。しかし、父は大丈夫だと言い張り、「無理をしないで」という母と言い合いになりました。

「病院の先生からも重いものを持ったらダメと言われているでしょ」

この場合、重いものとは僕のことを指しています。ベッドと車椅子の移乗、車椅子と車の移乗はこの当時、父と母の力によって行われていました。

「泰之を車に乗せるぐらい問題ないよ」

「それに遠出もしちゃダメだって言われたでしょ」

僕にはどういうことなのか分かりませんでしたが、とにかく無理は禁物なんだと思いながら聞いていました。結局、いくら母が説得をしても父はそれを聞き入れず、ドライブへ出掛けることになりました。本当はその時、僕も反対するべきだったのかもしれませんが、最近弱ってしまっている父の姿を見ていた僕は、「これが最後のドライブになるかもしれない」という思いもあり、また、母の誕生日だったことや父の体調が良かったことから反対しませんでした。

この日のドライブは南那須町にある大金という所へ行きました。町おこしで作られた「大金いかんべ共和国」や、お金の神様を奉ってある「大金太子堂」、とても濃くて美味《おい》しい〝飲むヨーグルト〟が売られている「こぶしが丘牧場」などがあります。日本テレビで深夜に放送されていた「DAISUKI！」という番組で、この前の年（平成八年）に紹介されたのを見て以来、お気に入りのドライブコースになっていました。

大金までは車で片道五十分ほどかかります。父は車内で雑談をし、元気な素振りを見せていましたが、時間が経つにつれて体調が悪くなっていったようでした。僕は大金へ着いても車から降りることはなく、買い物は父と母がして来ました。車の中から父の姿を見ていると、車内では気づきませんでしたが顔色が悪く、背中を丸くしてゆっくりと歩いています。その姿を見て、僕の心は一気にグレーに変わり、周りの陽に照らされた新緑や黄色や赤の色鮮やかな花々とのギャップに複雑な気持ちでした。

帰りの車の中で母が言った一言を思い出しました。なぜ重い物を持ってはいけないのだろう？　父は体調が悪そうだったので、家へ着いても僕を車から降ろせないのではないかと不安になったのです。

「どうして重いものを持ってはいけないの？」

「胃の中が潰瘍で荒れているから、胃壁《いへき》がもろくなっていて、力《りき》むと裂《さ》けて出血しやすいんだって」

その話を聞いて、母が執拗にドライブを反対した理由が理解できました。

約三時間のドライブは父にとってかなりつらかったと思いますが、何とか無事に家へ帰ることができました。父に「今日も楽しいドライブだった」と笑顔で言いましたが、本当は父を心配するあまり、楽しむ余裕などなかったのが本音でした。そして、手術を受ければ父はまた元気になるんだと信じていましたが、万が一の時のことも考えてしまい、これが最後のドライブにならないことを真剣に願いました。

五月三十日

父の入院と手術の日程が決まりました。場所は隣の市にある大きなN病院、入院が六月二十五日、手術が七月四日でした。僕としては父の胃潰瘍がこれ以上悪化する前に手術を受けて欲しかったので、手術が一ヶ月も先になることを不満に思いました。しかし、父は意外にも先延ばしになったことを良しとして考えていました。手術を受けるとなれば、事前に福祉関係や銀行関係などで不備がないように準備をしておかなければなりません。そのようなことは母に任せればいいと思いましたが、父はそれまでもすべてのことを一人で

やっていたため、この時でさえ自分でやらなければ気がすみませんでした

六月十三日

普段はリビングか和室にいることが多い父でしたが、六月に入ってから体調がますます悪くなり、昼間でも寝室で寝ているようになりました。しかし、この日は気分が良かったようで、父は突然埼玉の家へ行くと言い始めました。僕も母もそれまでの父の状態を見ていましたので反対でした。

「今の身体で埼玉の家へ行くなんて無茶！」

「でも、今日なら行ける自信がある。それに今日を逃すと行けなくなるかもしれないから……」

父は床《とこ》に伏せながらも、毎日自分の体調と相談をし、埼玉へ行ける日をうかがっていたようでした。

この当時、戸籍が埼玉にあったため、福祉関係の手続きはすべて埼玉でした。また、取引をしていた銀行も栃木の家の近所にはなく、一度は埼玉へ行かなければならなかったの

です。父は一度言い出したら誰の話も聞きません。結局、僕も母も父の体調を信じ、埼玉へ行ってもらうしかありませんでした。

最初は父が一人で行く予定でしたが、栃木へ帰って来られなくなる可能性も考えられたので、僕と母も一緒に行き、大事をとって埼玉の家へ一泊しようという話になりました。

案の定、埼玉へ着いて市役所や銀行の手続きを終えて帰って来た父は、疲れ切っていました。

「とても今から栃木へ帰る気力がない」

その言葉を聞き、改めて埼玉の家へ泊まることにして正解だったと思いました。

その晩、父は自分のタンスを開けて、昔着ていた服やスラックスを引っ張り出していました。以前、洋服のデザイナーだった父はとてもオシャレで、たくさんの服やスラックスを持っていましたが、今では太ってしまってサイズが合わず、着られなくなっていました。ところが、その中の一本のスラックスを試着してみると、なんとサイズがピッタリと合ったのです。それがよほどうれしかったようで、鏡の前に立って角度を変えながら映しては、母を呼んで見てもらい、そんなことをいつまでもいつまでも続けていました。そして、

「栃木へ持って行って穿《は》くんだ」と楽しそうに持って行く服を選んでいました。

この時の父はとてもうれしそうでしたが、その様子を見ていた僕は不安になりました。なぜならスラックスが穿けるようになったということは父が痩《や》せた証拠だったからです。胃潰瘍でも食欲がなくなれば痩せると思いますが、以前に本かテレビで、「ガンは痩せ始めたら手遅れ」という内容のものを見たことがあり、その言葉が頭によぎったのです。

翌日、六月の朝の陽射しを浴びながら父は新聞を読んでいました。その父の後ろ姿を見て愕然《がくぜん》としました。それまではあまり気になりませんでしたが、その時、はっきりと痩せたことを感じたのです。いつの間にこんなに痩せてしまったのでしょうか?

六月二十三日

最初の方でも書きましたが、僕は一日おきにお風呂へ入れてもらっていました。この頃はもう父の体調がかなり悪くなっていましたので、僕はお風呂を我慢しようと思っていました。しかし、父はどんなに体調が悪くても、お風呂へ入る日の夕方五時になると起き出し、半袖・短パンに着替え、僕の部屋へ入って来ます。

「さぁてお風呂へ入ろうかぁ」

その声はいつも元気でした。きっとそれは自分自身に気合を入れるためであり、また、父の体調を心配する僕を安心させるためだったと思います。

「今日はいいから、お父さんは寝ていて」

僕がそう言うと、父は決まって驚いたような顔をしました。

「どうして？　体調でも悪いのか？」

「僕は元気だけど、お父さん体調悪いでしょ」

「お父さんのことは心配するな。元気なんだから」

しかし、「元気なんだから」と言う父の顔色は青白く、明らかに元気な頃とは違います。

とても「お風呂へ入れて」とは言えません。

僕が拒《こば》んでいると、父は決まってこう言いました。

「だって、お風呂へ入ったら気持ちいいだろ?」

父の気持ちはうれしいのですが、父の体調を考えると素直に甘えることはできません。

お風呂へ入る日は毎回こんな会話が繰り返されました。僕は最後までお風呂へ入ることを拒み続けるのですが、最後は、

「泰之をお風呂へ入れるくらい何の問題もないよ」

と言って、強引に入れてくれました。

この日も同じような会話をかわし、お風呂へ入れてくれました。しかし、この日はいつもと同じようにはいきませんでした。

洗い場で僕の身体を洗っていた父の手が止まったのです。

「ごめん。ちょっとタンマ(タイムという意味です)」

苦笑いを浮かべ、そう言った父の呼吸は荒れていました。

「お父さん、大丈夫? もういいよ」

僕がそう言っても、父は僕の言うことを聞こうともせず、少しの間うなだれていました。そして、

「一分だけ時間をくれ」

と言うとリビングへ行き、ソファーで横になりました。

リビングへ行って十分ほど経った頃、父が洗い場へ戻ってきました。僕に心配をかけまいとしたのでしょう。僕と目が合うと、

「んっ、力が湧いてきた！」

両腕の力こぶを見せるようにガッツポーズをしています。その姿は確かに元気そうでしたが、そもそも本当に元気でしたらそんなことはしないはずです。元気に見せようとしている父の姿が、余計に悲しく映りました。

「お父さん、今日はもういいよ」

「そっか？　悪いな」

そう言って身体に付いた石鹸を流してお風呂を出ました。

第三章　入院

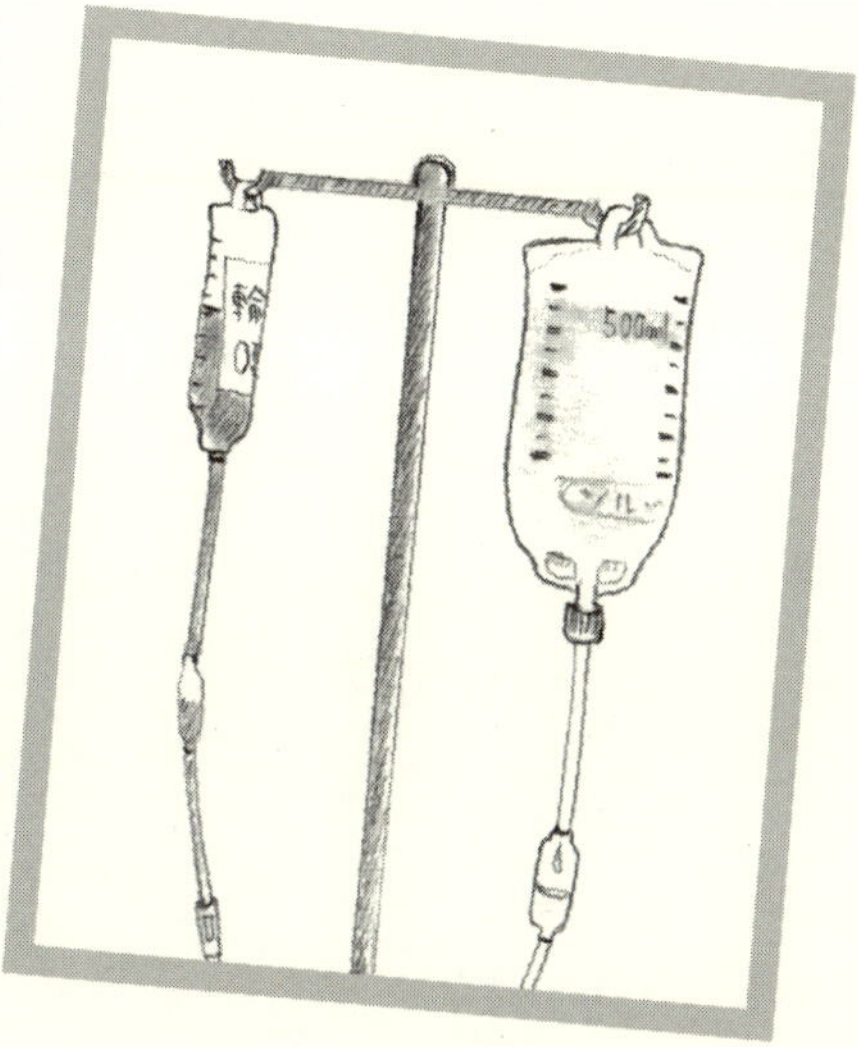

お見舞いに来なくていいからな

六月二十四日

この日は入院の前日でした。埼玉から帰って来てからも床《とこ》に伏せりがちだった父でしたが、午前中は体調が良かったようで起き出して来ました。簡単にですが車も洗ったようです。そして、洗った車を車庫から出しました。

「今日は気分がいいから、川へ行って鮎釣りを見て来る」

そう言いながら一度家の中へ入ってきた父でしたが、リビングのソファーに腰掛けるとやはり身体がしんどくなってしまったようで、なかなか出掛けようとはしません。

お茶を飲んでも、お昼になっても出掛けようとしない父を見て、母が声をかけました。

「どうしたの？　鮎釣りを見に出掛けないの？」

父はしばらく考え込み、

「せっかく（車を）出したけど、このままだとしまえなくなりそうだから、今のうちにしまっておく」

時間が経つうちに身体がしんどくなってしまった父は外出をあきらめました。そして車をしまおうと玄関を出ました。そこへ母の実の姉である久保の伯母ちゃんが父の体調を心配し、様子を見に来てくれました。僕の母は兄弟が多く、その中の三人の姉たちは僕の家から歩いて行ける距離に住んでおり、久保の伯母ちゃんもその一人でした。

久保の伯母ちゃんは父の顔を見るなりこう言いました。

「ダメだ。今すぐ入院した方がいい」

父の顔は血の気が引き真っ青でした。また、体調が悪いせいで顔つきも変わっていました。その顔を見た久保の伯母ちゃんは限界だと判断したようです。しかし、父は拒《こば》みました。

「明日入院することに決まっているから、入院は明日する」

「そんな身体で大丈夫なのか？　死ぬぞ。明日入院が決まっているのだから、事情を話せば一日くらい早く入院させてくれるから、今日入院させてもらえ」

久保の伯母ちゃんは男口調ですが、これには栃木弁が関係しており、本当はとてもやさしいのです。

それでも父は入院を拒みました。

「今夜も泰之の身体をマッサージしなくちゃいけないから」

僕は自分の意思で身体を動かすことができないため、何もしないでいると筋肉や関節が硬くなってしまいます。そのため、硬くならないように父が毎晩寝る前に動かしてくれていました。

「自分の身体と泰之のマッサージとどっちが大切なんだ！」

「でも、入院してしまったら、しばらく泰之に何もしてあげられなくなる。とにかく今夜は泰之のマッサージをして、明日は入院する前にもう一度お風呂へ入れてあげるんだ」

その会話をそばで聞いていた母が勢いよく二階へ駆け上がり、僕の部屋へ入って来ました。

「お父さんの具合が悪いんだけど、今日入院してもいいよね？」

「いいよ」

「でもね、お父さんは泰之のことを気にかけているの」

「僕のことなんかどうでもいいから、今は自分の身体のことだけを考えてと伝えて」

「分かった」

母は再び階段を勢いよく駆け下り、父の元へ向かいました。すると今度は母と入れ違いに父が階段を上がってきました。その足音は一歩一歩がとてもゆっくりで弱々しく、体調の悪さを感じ取れます。

僕の部屋へ入って来た父は背中を丸め、両手を腰に当て、顔をしかめていました。そして弱々しい声で、

「泰之ごめんな。お父さんはもう限界みたいだ。今日入院させてもらっていいかな」

「もちろんいいよ。僕のことは心配しなくていいからね」

「お父さんのことも心配すんな。大丈夫だから」

父は少し間をおいて、

「泰之には迷惑ばかりかけてしまうな。悪いな。ごめんな」

「そんなことはいいから、今は自分の身体のことだけを考えて」

僕がそう言うと、父は小さくうなずき、言葉にはしませんでしたが、「じゃあ行って来るな」と言うように左手をゆっくりと上げ、部屋を出て行きました。

そして父は病院へ向かいました。しばらくすると、付き添っていた母から電話がかかりました。母の話によると、父の身体の中に流れる血液の量が通常の半分近くまで減っており、貧血を起こしていたそうです。顔色が真っ青だったのはそれが原因でした。

血液が減ってしまった原因は胃からの出血でした。僕はそれまでにもそれを心配し、父に何度も、「下血はしていない?」と訊《き》いていました。しかし、父はそのたびに「していない」と答えていたのです。

六月二十五日

入院した翌朝、父からとても明るい声で電話がかかりました。

「血液が足りなかったんだって。輸血してもらったら元気になったから、もう心配すんな」

その元気な声を聞いて僕もホッとしました。

「下血していないって、お父さん言っていたでしょ?」

「だって本当に下血しているとは思っていなかったんだよ」

「ウンチを見れば分かるじゃん。真っ黒いウンチが出ていたんでしょ?」

「出てたよ。でも、下血と聞けば血が混じった赤いウンチだと思うでしょうよ」

父が言うように下血と言えば赤いウンチを想像するものなのでしょうか? とにかく父の声が元気だということで安心し、呆れ果てた父の言葉に笑ってしまいました。

その後、毎日朝十時になると、父から電話がかかりました。その声はとても元気そうなので安心していたのですが、面会に行く母や親戚たちの話によると、父は日に日に痩《や》せていくと言うのです。それだけでも不安だというのに、新聞を読んでいるとある芸人さんが胃潰瘍の出血が原因で急死と書かれていたり、病院で肩の血管から入れる栄養剤が原因で死亡事故が多発と書かれているのが目につくのです。

僕も父のお見舞いへ行きたいと思いましたが、車椅子のため、病院へ行くことも簡単ではありません。今から思えば車椅子ごと乗れる福祉タクシーをお願いすれば良かったのですが、当時は福祉タクシーの存在を知りませんでした。もしかしたら、その存在そのものがまだ無かったのかもしれません。

病院まで行く手段が見つからないまま思いだけが募《つの》って、父には、「お見舞いに行くからね」と話しました。しかし、父からは信じられない言葉が返りました。

「泰之はお見舞いに来なくていいからな」

最初は僕のことを気遣《きづか》って言ってくれているのだと思いました。僕が病院へ行くとすれば誰かの手を借りて車に乗り込まなければなりません。父と母の二人でしたら手慣れたものなので、特に問題はありませんが、慣れてない人が僕を車に乗せようとすると、僕が車に頭をぶつけてしまったり、転げ落ちそうになってしまったり、集尿器が外れ、尿が垂れ流し状態になってしまったりと様々な問題があります。

しかし、どうもそれとは様子が違います。まるで僕には来て欲しくないような感じだったのです。避けられているようで悲しくなり、ムキになって僕が「行く」と言うと、父も、「絶対に来るな」と言います。父がそんなにまでして僕を拒《こば》む理由が分かりませんでした。

七月三日

父と電話で話すたびに、「行く」、「来るな」という会話を繰り返しました。翌日（四日）は父の手術日です。何が何でもお見舞いに行きたいと思った僕は、いつも以上に食い下がりました。

「お母さんも（お見舞いへ）行っているし、伯父さん、伯母さん、従兄弟たちだってみんな行っているじゃないか。行っていないのは僕だけだよ。どうして僕はダメなの？」

すると、父は初めて拒む理由を話してくれました。その口調はゆっくりで低い声でした。

「だってな、お父さんは泰之を守る立場の人間だぞ。そのお父さんが泰之に弱っている姿を見せられるわけないじゃないか」

父の言葉に頭を殴られたような思いでした。それまで僕は、父の「来るな」という言葉にそんな意味があったとは思いもしませんでした。

思い起こせば、父はそれまでもどんなに身体がしんどくても、僕の前では強がって見せていました。確かに頼っている人と頼られている人がいた場合、頼られている人が弱い部分を見せてしまったら、頼っている人は不安になります。父はそのことが分かっていたので、僕に不安を与えないようにと、どんなに身体がしんどくても、強がって元気なふりをしていたのです。

僕は父のやさしさ、大きさ、そして温かさを感じ、父がそこまで僕のことを考えくれているならば、その気持ちを無駄にしたくはないと思いました。そして、父が言うようにお見舞いへは行かず、退院して来る日まで待とうと決めました。

ごめんじゃねえだろ

七月四日

午前九時頃、父から電話がありました。僕が「頑張ってね」と言うと、

「泰之が二度も受けた八時間以上の大きな手術に比べたら、お父さんの手術なんて軽いもんだよ」

と、いつものように明るく振舞っています。僕は手術を控えている父の精神状態が心配でしたが、その声を聞いてとても安心しました。

手術はお昼頃から始まり、内容は胃の全摘出でした。

父が手術室へ入ると、母から電話がかかりました。

「今、手術室へ入ったからね」

「お父さんはどんな様子だった?」

「ストレッチャーの上であぐらをかいて、笑顔で手を振りながら入っていったよ」

と、笑いながらその時の様子を話してくれました。

手術は三時間で終わる予定でした。その間は病院にいても何もすることがなく、また、僕は一人でお昼ごはんを食べることができないため、母は一度家へ帰って来てくれることになっていました。ただ、手術時間が短いため、お昼ごはんを食べたらすぐにまた病院へとんぼ返りしなければなりません。

家へ帰って来た母はすぐに僕の部屋へ入って来ました。そして父が手術室へ入る時の様子を話すと、すぐに「お昼ごはんを作ってくる」と言って台所へ向かいました。母が僕の部屋にいた時間はわずか三分ぐらいだったと思います。

母が台所へ立つと同時に電話が鳴りました。その電話を母がとったのですが、突然母は大きく泣き叫ぶようにこう言ったのです。

「えっ、だって今、手術室へ入ったばかりじゃない」

母がとった電話器は僕の部屋へ繋《つな》がるエレベーターの前にあるので、エレベーターの空間を伝わり、母の声が僕の部屋まで大きく響きました。母は明らかに動揺した様子だったので、父の死が頭をよぎりました。僕は何が起こっているのかを知りたくて、インターホンを繋げて母の話し声に耳を傾けました。しかし、母の声は聞こえてくるものの相手の声までは聞こえず、状況が把握できません。

母は用件だけを聞くと、すぐに電話を切りました。電話を終えた母に、「どうしたの？」と訊《き》くと、母は涙声で言いました。

「お父さんに何かあったみたい。先生からすぐに家族を呼ぶようにという連絡があったんだって。だからすぐに来いって」

「誰からの電話？」

「郡司の伯母ちゃん」

郡司の伯母ちゃんは、久保の伯母ちゃんと同様に母の実の姉であり、近所に住んでいます。郡司の伯母ちゃんは父の手術中、ずっと病院で待機してくれていたのでした。

「何があったの？」

「そんなの分かんないよ！」

「それじゃすぐに行かなきゃ」

「行くって言ったって、どうやって行くの？」

病院の送り迎えは久保の伯母ちゃんがしてくれていました。

「久保の伯母ちゃんにすぐに電話をして来てもらえばいいでしょ」

「だって伯母ちゃんだってお昼ごはんを食べているんだよ」

動揺してどのように行動していいか分からない母の態度がもどかしく感じました。

「そんなことを言っている場合じゃないでしょ」

僕がそう言うと、母はすぐに久保の伯母ちゃんの家へ電話をして事情を話しました。そしてすぐに迎えに来てもらえることになりました。

久保の伯母ちゃんの家からだと一～二分で迎えに来てもらえます。母は僕のおなかを心配して、台所にあった小さなパンを手に階段を駆け上って来ました。僕はそのパンを口に入れてもらいながら言いました。

「何が起こったのか分かったら、すぐに電話してよ」

「分かった」

「どんなことでもだよ」

「分かった」

家へ残された僕は孤独を感じ、さびしさと不安が一気に襲いました。とにかく父には生きていて欲しくて、昨年亡くなったばかりの婆ちゃんや僕が生まれる前に亡くなった爺ちゃん、それから子供の時に亡くなった二人の弟、普段は信じていない神様や仏様にまで、「どうか父を助けてください」とお願いしました。

こういう時は時間の流れが遅いものです。母は病院へ着いただろうかと思い時計を見ると、家を出てからまだ五分しか経っていません。再び父の無事を祈り、時計を見ます。そんなことを何度繰り返したでしょうか。三十分が経ちました。今頃はきっと郡司の伯母ちゃんや他の親戚からも父に何が起こっているのか話を聞けているだろうと思い、母からの電話をドキドキしながら待ちました。しかし、いくら待っても電話はかかりません。

電話を待つ間も父の無事を祈ったり、時計とにらめっこをしたりの繰り返しでした。そして一時間、二時間と時が流れました。一体何が起こっているのでしょうか？　いい加減に電話をかけて欲しいと思いました。この当時は外出した母に連絡が取れるようにとポケベルを持たせており、そのポケベルを何度鳴らそうと思ったか分かりません。しかし、そのたびに、「先生と大切な話をしている最中かもしれない」、「もしかしたら父の亡骸《なきがら》に対面して悲しんでいるのかもしれない」と思い、ポケベルを鳴らすことができません。僕は、ただただ父の無事を祈り続けていました。

　母の電話を待ち続け六時間近くが経ちました。その間に何十回、何百回父の無事を祈ったか分かりません。そこへ家の外で車のドアの閉まる音が聞こえました。母が帰って来たのでしょうか？　それともお客さんでも来たのでしょうか？

　玄関の鍵を開ける音がしました。母が持っている鍵には鈴が付いているので、その音ですぐに母だと分かりました。母の様子で父に何が起こったのかを予測することができます。耳を澄ましていると、なんと母は久保の伯母ちゃんと笑いながら玄関を入って来たのです。その瞬間に父の無事を確信し、全

身の力が抜ける思いでした。しかし、ホッとすると同時に、今度はそれならばなぜ電話をかけてくれなかったのかと一気に怒りが込み上げました。その怒りは六時間近く父を心配した分だけ大きなものとなりました。

イライラしながら母の「ただいま」という言葉を待ちました。しかし、いくら待っても二階に上がってきません。母はリビングで久保の伯母ちゃんと話し、笑い声をあげています。僕はしびれを切らしインターホンを鳴らしました。すると、ようやく母が出ました。

「ただいま。遅くなってごめんね」

のん気な母に怒りを感じながらも、なんとか穏やかに話しました。

「ただいまじゃないでしょ。それでお父さんはどうなったの?」

「あっ、お父さんは大丈夫だよ。無事に手術が終わって出てきたから心配ないよ」

母から直接父の無事を聞いた瞬間、抑えていた怒りが爆発し、今度は大声を張り上げてしまいました。

「それならそうと、どうして電話を一本かけねぇんだよ。俺がどれだけ……」

本当は「俺がどれだけ心配したと思っているんだよ」と言いたかったのですが、怒りと父が無事だったという安心感から涙が込み上げ、言葉にならなくなってしまいました。

そんな僕に驚いた母は慌《あわ》てて階段を駆け上がってきました。そして僕の部屋へ入りながら言いました。

「ごめんごめん」

「ごめんじゃねぇだろ」

やはり涙が溢《あふ》れ、それ以上のことは言えませんでした。

「ごめんごめん……ごめんごめん」

母はその後もしばらく「ごめんごめん」と繰り返し言い続けていました。

ようやく落ち着いてきた僕は母に訊《き》きました。

「それでお父さんはどうなったの？」

「お父さんは無事に手術が終わって出てきたよ。今は集中治療室にいる」

「先生の話は何だったの？」

「何だかよく分かんない。てっちゃんパパが話を聞いたらしいけど、大したことじゃなかったんだって」

てっちゃんパパとは父の実の兄です。余談ですが母方の伯父さん・伯母さんは〇〇の伯父さん・〇〇の伯母さんと呼んでいますが、父方の伯父さん・伯母さんは××パパ・××ママと呼んでいます。

先生の話はてっちゃんパパが代表で聞いてくださったようですが、大した話ではなかったようでした。とにかく父の手術が無事に終わったのですから、今となっては先生の話などどうでもいいと思いました。

その後、母は僕に夕ごはんの準備をすると、また病院へ行きました。病院は完全看護ですが、手術直後だったので、付き添うことになっていたのです。

母は付き添いながら、時折父の様子を電話で教えてくれました。母の話によると、父はとても元気だということでしたが、背中に痛みを訴えているらしく、どうして手術を受けたおなかではなく背中なのだろうと、少し気がかりでした。

背中の痛みとの闘い

七月九日

手術後の五日間は大変です。傷口が痛んだり、熱が出たり、吐き気が起こったり、いつ何が起こるか分からないので目をはなすことはできません。父の場合も同じでした。微熱が出てしまい、突然吐き気が起こり、何より背中の痛みがひどかったようです。看護婦さんは一時間おきにガーゼを取り替えてくださるそうですが、父に付きっきりになることはできないので、付き添った母や親戚が大変な思いをしていたようです。

手術から五日目に父から電話がありました。それまでの母の話を聞いていると、父は相当つらい思いをしているということだったので、突然かかってきたその電話に驚きました。

「お父さん、電話なんかして大丈夫なの？」

「もう大丈夫。悪い所は取ったから、あとは元気になるだけだからな。泰之の誕生日（七月二十六日）までには退院するから」

母の話で具合が悪い父を想像していましたが、意外と明るく元気な声だったので安心しました。しかし、父は苦しそうな口調で次のように続けました。

「ただ、背中が痛いんだよな。この痛みは何なのか原因が分かんないんだよ」

「先生に訊《き》いてみた？」

「先生はそのうちウソのように痛みが消えるって言うんだけどな」

「僕も手術から目覚めた時、ひどい肩凝《かたこ》りだった。きっと手術中の態勢が悪くて背中が凝ったんだよ」

「仰向けの態勢で背中が凝るか？　ハサミか何かをおなかの中に置き忘れたんじゃないかと思って……」

父の背中の痛みは手術が終わった晩から始まりました。僕はそれほど気には留めていませんでしたが、父の背中の痛みは僕の想像以上のものだったようです。父は痛みに耐えられず、僕の従兄弟たちに代わる代わる来てもらっては、背中を押してもらっていました。

その後も父は毎日午前中に電話をかけてくれました。電話の声は元気なものの、母や親戚の話によると、父が日に日に弱っていくということでした。

七月下旬

父は毎日のように電話をかけて来てくれました。その声は元気そうでしたし、手術から半月以上が経ち、そろそろ退院の話が出てもいいと思ったのですが、母の話によると、体調がなかなか良くならないようでした。

母が面会へ行くと、まだ昼間だというのに、父は「今、眠れそうだから」と言って寝てしまうのだそうです。母は仕方なく、父の眠りを妨《さまた》げないように静かに付き添い、洗濯物など身の回りの世話をすませて帰って来ていました。

父が昼間に眠る理由にはこんなことがありました。夕方から消灯までは仕事帰りのてっちゃんパパなど親戚の方が来てくださり、痛みのある背中を押してもらうことができました。しかし、消灯になるとみんなが帰ってしまい、さらに痛みは夜になるにつれて増し、その痛みで眠ることができなかったのです。そのため、毎晩消灯を過ぎると廊下にあるベンチへ腰掛け、真っ暗な中、ずっと一人で痛みと闘っていたそうです。

そんな父を見て助けてくれたのは看護婦長さんでした。

「今日も痛いの?」

「はい。半端な痛さじゃないんです」

すると、婦長さんは、「ちょっと待っていてね」と言って、すぐに薬を持って来てくれたそうです。

「この薬を飲めばすぐに痛みがなくなるから、病室へ戻って眠ってね」

婦長さんからいただいた薬は、ピンク色のとても小さなものだったそうです。何の薬なのかは分かりませんでしたが、小さくてもとてもよく効いたそうです。それから父は毎晩のように婦長さんに、「またあの薬をください」とお願いをして飲んでいたようです。

仮退院

八月上旬

父の体調は一向に良くなりませんでしたが、仮退院の話が出ました。先生の話では無理さえしなければ、家でも生活できると言うのです。「とりあえず二泊三日の仮退院を試みて、その結果で退院を考えましょう」ということでした。

僕は父の体調が良くならないことを不安に思いましたが、仮退院ができるということは、これからは少しずつでも体調が快復していくのだと思いました。誰よりもこの仮退院を喜んだのは父でした。僕の誕生日前には退院をすると決めていましたが、それがだいぶ遅れていましたし、また、消灯を過ぎると背中を押してくれる人がいなくなり、毎晩一人で痛みと闘っていましたので、早く家へ帰りたいといつも口にしていたそうです。

八月八日

父は午前中に家へ帰って来ました。僕はベッドの上から動けないので、出迎えることはできませんでしたが、家の外で車のドアが閉まる音や玄関での音を聞き、心の中で、「おかえりなさい！」と大きな声で言いました。

父が玄関へ入ると、愛犬ジミー（ヨークシャーテリア）の足音が激しく鳴り響きました。ジミーにしてみれば突然いなくなった大好きな父が一ヶ月以上ぶりに帰って来たのですからうれしかったに違いありません。ジミーは喜びを全身で表現するため、脚の爪が玄関のフローリングの上で小刻みに鳴ります。その激しさがうれしさを物語っていました。

父は家へ入ると、真っ直《ます》ぐにリビングへ向かい、ソファーに腰掛けました。そして、「家はいいなぁ、家はいいなぁ」

と何度も何度も繰り返し言っています。よほど久しぶりの我が家がうれしかったのでし

ょう。その後、すぐにシャワーを浴びました。病院ではお風呂へ入れなかったので、楽しみにしていたようです。その時、母が父の背中を流したのですが、母はあとでさびしげに僕にこう言いました。

「お父さんの背中が痩《や》せて小さくなっちゃった。それを見ていたら涙が出そうになっちゃった」

僕は父の実の姉であるヒミママから父が痩せてしまったことを聞かされていましたが、改めて母の話を聞きながら大きかった父の背中を思い出し、また、痩せてしまった父の背中を想像しました。

体力が落ちていた父は入浴を終えると疲れが出てしまったのでしょう。「横になりたい」と言い出しました。母は父が何か言うたびにバタバタと走り回り、その音だけが僕の部屋へ響きました。

母が父に話しかける声が聞こえ、たまには父の声もかすかに聞こえましたが、父が帰って来たという実感が僕にはまだ湧きませんでした。それはきっと父の顔を見ていなかったからだと思います。

しばらくすると階段をゆっくりと上がる足音が聞こえました。その足音は弱々しく、すぐに父だと分かりました。そばには母が付き添っていたようで、その足音は二つあり、父に話しかける母の声も聞こえました。もうすぐ父が僕の部屋へ入ってくる。痩《や》せてしまった姿を見て動揺しないようにしようと心の準備をして待ちました。しかし、二つの足音は僕の部屋を通り過ぎました。その瞬間、「あれっ、どうして？」と信じられない気持ちになり、僕の心は父の足音を追いました。父はそのまま自分の寝室へと入っていきました。

父が僕の部屋を通り過ぎたことで、父は僕に会わないつもりだと分かりました。仮退院すれば会えると楽しみにしていたので残念に思いましたが、弱っている姿を僕には見せたくないという気持ちを知っていましたので、父がその気ならば、元気になって会いに来て

くれるまで、もうしばらく待とうと思いました。

夕方になると八木沢の伯母ちゃんから電話がかかりました。八木沢の伯母ちゃんも久保の伯母ちゃん、郡司の伯母ちゃん同様、母の実の姉であり、歩いて行ける距離に住んでいます。

「買い物があるならスーパーまで（車で）乗せてってあげるよ」

母は八木沢の伯母ちゃんの言葉に、

「本当？　それじゃちょっと待っていて。お父さんに訊《き》いてみるから」

勢いよく階段を駆け上がり、寝室で横になっている父の許可を得て、買い物へ出掛けて行きました。

父は手術で胃を取ってしまったため、母は父に何を食べさせていいか分からず悩んでいました。病院の先生は「好きな物を何でも食べさせてあげてください」とおっしゃっていたそうです。とりあえず父が喜びそうな食べ物をたくさん買って来たのですが、母が買い物から帰ると、父はものすごい剣幕で怒っていました。

「俺が退院したというのに買い物へ出掛ける馬鹿がどこにいるんだ？」

父が買い物へ行くことを許可してくれたから出掛けたというのに怒られてしまい、母は困惑していました。母も言い返したかったのだと思いますが、父の気持ちを察して黙っていました。その時、父は背中の痛みに襲われていたのです。誰かに背中を押してもらいたかったのですが、肝心な時に母が留守にしてしまったため、もどかしさからそういう態度になってしまったのだと思います。すぐに母は父の背中を押し始めました。

夜になると、背中の痛みが増していきました。夜になれば僕も夕ごはんを食べなければなりませんが、母は父の背中を押すことで精一杯でした。買い物でたくさんの食材を買って来ましたが、とても食事を作っている時間などなく、僕は魚肉ソーセージをそのまま一本口の中へ放り込まれました。

その後も父の背中の痛みは続きました。痛みを何とか和らげたい父は背中を強く押して欲しかったようでしたが、母は身長が百五十センチにも満たない小柄な身体です。母が体重を掛けて一所懸命押しても父は満足しませんでした。

「何をやってんだよ。もっと力を入れて押してくれ！」

「押してるよ。親指が腱鞘炎《けんしょうえん》になりそう」

「まったくもう、これなら病院にいた方がマシだ」

入院をしていれば力のある従兄弟たちに押してもらえるため、早く病院へ戻りたいと思ったようでした。

母は父に何度も何度も怒られながら、それでも一所懸命に背中を押し、この日、父と母が眠りに就《つ》いたのは朝方近くでした。

八月九日

朝方まで父の背中を押していた母は八時にはもう起きていました。それは僕の朝ごはんを作ったり、僕が一日の生活を一人でできるようにベッドの周りをセッティングしたりするためでした。

母は僕の世話だけではなく、父の世話もしなければならず、とても寝ていられる状況ではありません。僕の部屋へ来てもすぐに父のもとへ戻り、父の世話でずっと走り回っていました。

父は昼間、背中の痛みが和らぐため、少しはゆっくりくつろげたようです。忙しくしている母を横目に、ソファーに座り庭を眺めていました。

夕方になり涼しくなると、父は母にこう言いました。

「買い物があるなら乗せてってやるぞ」

「えっ、車なんて運転して大丈夫?」

「すぐそこだろ。大丈夫だよ。昨日の夜は泰之に迷惑(食事のこと)をかけたから大好物の寿司でも買って来てやっぺ」

母は父の体調を心配しましたが、庭を眺めている父を見て、きっと視線の先にあるまだ買って間もない新車を運転したいのだろうと思い、連れて行ってもらうことにしました。行き先は僕の家から約二キロメートル離れたスーパーマーケット。歩くには少し遠い距離ですが、車だと五分とかかりません。

スーパーマーケットの駐車場で父が車を停める場所はいつも決まっています。この日もいつもの場所に停め、そしていつものように母が買い物をしている間、車の中で待っていました。

いつもと変わらぬ行動をとっていた父でしたが、いつもと違うのは体力でした。母が買い物をすませ、父の待つ車へ戻ると父の様子が変でした。

「どうしたの?」

「ハァー。疲れた……」

父は一つ溜息を吐いてそう言ったそうです。運転をする距離は短いものの、やはり車を運転するとなると神経を遣《つか》うので、疲れがドッと出たのだと思います。

この晩も母は父に「もっと強く押せないのか」と怒られながら、朝方まで父の背中を押していました。

八月十日

父は仮退院を終え、病院へ戻って行きました。仮退院の前は一日も早い退院を望んでいましたが、家では力の弱い母にしか背中を押してもらえないため、力のある従兄弟たちに押してもらえる病院へ戻れることがうれしかったようです。僕もこの二泊三日の仮退院で、寝る暇もない母の姿を見て、母のためにも父の

ためにも父が病院へ戻って良かったと思いました。ただ、一つ残念だったことは、父が一度も僕の前に姿を現さなかったことでした。

この夜、母は三日ぶりにぐっすりと眠ることができました。

第四章　もう大丈夫だ

あの車に二度と乗れないような気がする

八月十一日

いつものように午前中、父から電話がかかりました。昨日まで同じ家の中にいましたが、顔を合わせることがなかったので、三日ぶりの会話でした。僕は父との会話を楽しもうと思ったのですが、予期せぬ父の言葉に楽しんでいる場合ではなくなりました。

「もしもし、泰之か。お父さんだけど、これから退院するから」

「はぁ？　えっ、いつ？　今日？」

「今から退院するからお母さんにもそう伝えてくれないか」

父の言葉に驚き、何を言っているのかすぐには理解できませんでした。

母は僕の部屋の前にあるベランダで洗濯物を干していました。二泊三日の仮退院では洗濯をしている暇などなく、洗濯物が山のように溜まっていました。きっと寝不足がたたり、疲れも相当溜まっていたと思いますが、母は休んでいる暇などなく、せっせと家事をこなしていました。それだけに父の急な退院を伝えることに抵抗がありました。

「お母さん」

「なぁに？　ちょっと待って」

母はそう言って、洗濯物を干し続けました。

「いいからちょっと！」

「なぁに？」

ようやく手を止め、部屋の中を覗《のぞ》き込みました。

「お父さんから電話で、今から退院するって」

「今から？　なんで？」

母は僕の言葉に驚き、まるで泣きべそをかくかのように慌《あわ》てました。

病院へ戻った父は、従兄弟たちに背中を押してもらえることを期待していましたが、昨日はたまたまみんな忙しく、誰一人として面会に来てくれませんでした。そのため、一晩中背中の痛みと闘い、とてもつらい思いをしたそうです。この頃はちょうどお盆前で、祖母の初盆《はつぼん》の準備などでみんな忙しくしていました。父は母の力が弱いことを怒り、病院へ戻ることを望んでいましたが、これからお盆に入ればますます従兄弟たちが忙しくなり、面会に来てもらうことが難しいと予測できましたので、たとえ力が弱くても背中を押してくれる母がいる自宅へ帰りたいと思ったようです。

退院は父が勝手に決めたことでした。父は物事を思い通りに決めてしまうところがありますが、さすがに退院については昨日仮退院から戻ったばかりでしたし、また、常識的に考えても、病院の先生は父が何を言っても簡単に退院を許可するはずがありません。したがって、僕はあと二、三日は退院できないだろうと思いました。しかし、父が先生に「今日退院します」と言うと、先生は意外にもあっさりと退院を許可してくださったのです。

こうして急きょ退院が決まり、父は家へ帰って来ることになりました。この時の僕はとてもうれしく感じたものの、仮退院の時の様子を思い出すと、母の身体が心配で、素直に喜ぶことができず、複雑な気持ちでした。

退院をして来た父は、寝室は西日が当たって暑いということと、リビングのソファーに座っていると身体が楽という二つの理由から一日をリビングで過ごすようになりました。

夜も寝室へは行かず、ソファーで寝ました。

リビングは僕の部屋の真下にあります。リビングの物音は耳を澄ますと、意外に大きく聞こえ、また、話し声もかすかに聞こえます。僕はベッドから動けない分、聴覚が発達しているのだと思います。物音やかすかな話し声だけでもリビングの様子が手にとるように分かりました。父が退院してからというもの、テレビを見る時でも音楽を聴く時でも音量を下げ、常にリビングの様子をうかがうようにしました。それは勿論、夜中寝ている時でも同じでした。

父の退院で一番大変だったことは、背中の痛みでした。痛みは昼間もありましたが、夜になると特にひどくなるようで、母は毎晩朝方まで押していました。病院からたくさんの薬が出ており、その中には痛み止めもありましたが、痛みがあまりにもひどかったせいか、それとも弱い薬だったせいか、効き目は飲んだ直後しかありませんでした。それ以外は常に痛みに苦しんでいました。

背中の痛みと同じくらい困ったことは父の食事でした。父は少しでも食べて元気になろうとしていましたが、胃を取ってしまったせいか食べ物を受け付けませんでした。食べたとしてもすぐに吐き気をもよおしてしまい、ほとんどおなかに残りませんでした。入院中は肩の血管から栄養を直接入れていましたので食べなくても平気でしたが、このままだと元気になる前に衰弱《すいじゃく》してしまいます。このような状況を見ていると、本当に退院して良かったのだろうかと不安になりました。

八月十五日

父の体調は一向に良くならず、それどころかますます悪化していきました。この頃から父の気持ちに変化が表れ始めました。あれほど強気だった父が弱音を吐き始めたのです。

母が僕の部屋へ来て言いました。

「昨日の夜にね、お父さんの背中を押し終わってソファーに座っていたら、お父さんがお母さんの膝枕をして少し目を閉じていたの。その時にお父さんが、『あー、このまま死にたい』って言ったの。だからお父さんに言ったの。『お父さんがそんなに弱気じゃダメじゃない』。そしたらお父さんは、『それはそうなんだけど……』って言っていたけどね。その後に、『お父さんがしっかりしないと、困るのは泰之なんだからね』と言ったら黙って聞いてた」

　母の話を聞いて言葉を失いました。父の気持ちを考えると胸が押し潰《つぶ》されそうでした。

「お父さんは今、何をしてるの？」

「さっきまで新聞を読んでいたけど、今は出窓から庭を眺めてる。それから車を見ながら、『俺、もうあの車に二度と乗れないような気がする』って言うんだよ」

　母の前だから吐いた弱音だと思いましたが、いつもと違う弱気な父にショックを受けました。

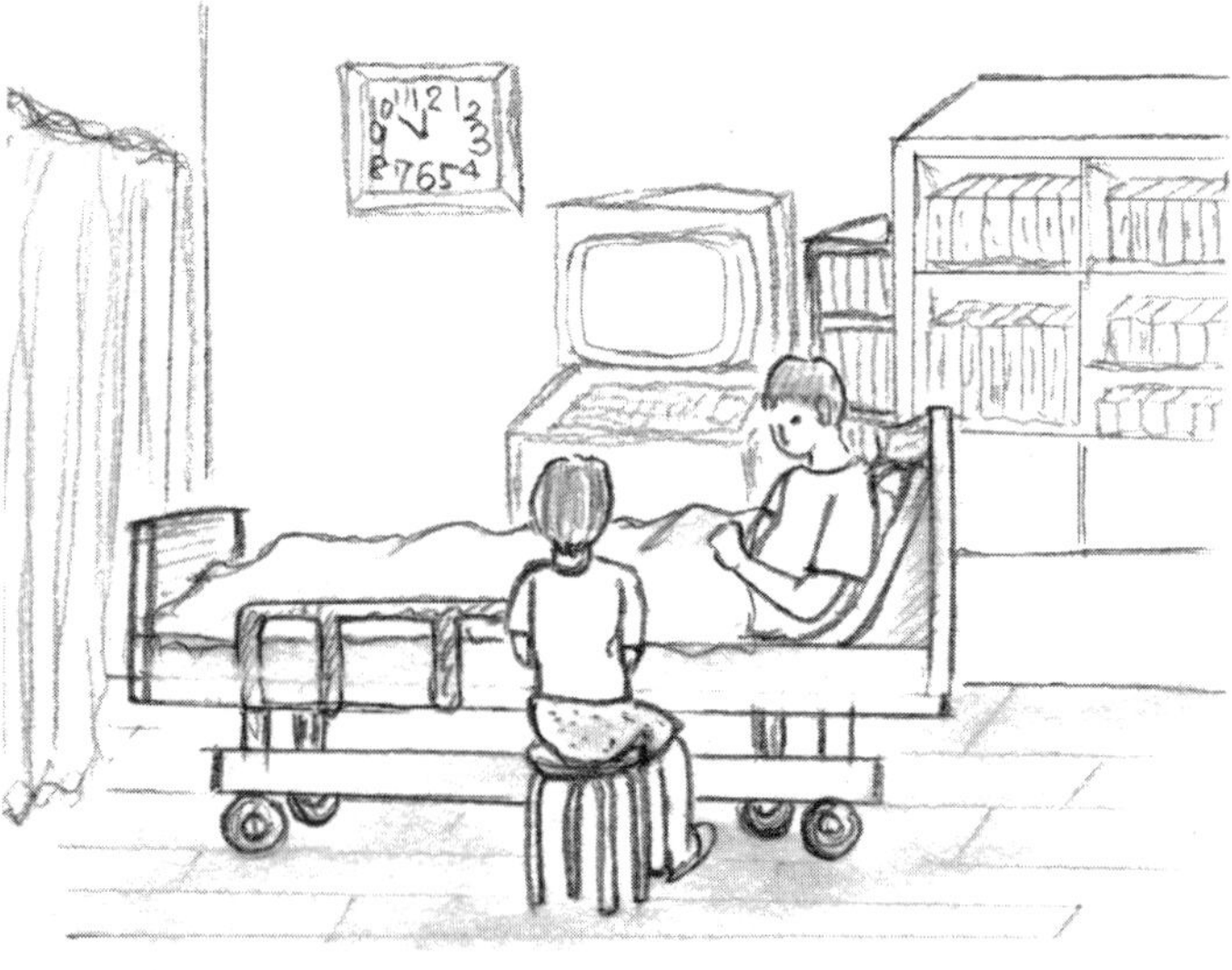

その後、ヒミママから電話がありました。

「もし、体調が良かったら婆ちゃんの提灯《ちょうちん》を見においで。迎えに行くから」

婆ちゃんとは昨年亡くなった僕の祖母です。父にとっては母にあたりますが、孫たちがそう呼ぶので、父も自分の親でありながら「婆ちゃん」と呼んでいました。この日は十五日で初盆に訪れるお客さんが減り、今なら父が行っても平気だと電話をくださったのです。

しかし、父はとても行けるような体調ではありませんでした。

もう大丈夫だ

八月十六日

退院をしてからずっと体調が悪かった父でしたが、この日、ようやく元気が出て来ました。

母が僕の部屋へ来て言いました。

「お父さん、今日は体調いいみたいよ。ごはんもいつもより多く食べられた」

それは退院以来の待ちに待った言葉でした。

お昼前のことです。弱々しく階段を上がる音が聞こえました。手をつく音も聞こえたので、四つんばいになって一歩一歩ゆっくりと上がって来たのだと思います。そしてついに父が僕の部屋へ入って来ました。

たった十四段の階段ですが、部屋へ入ってきた時にはまるで百メートルを全力疾走したかのように、呼吸が激しく乱れています。

「おお、久しぶりだな」

そう言って入ってきた父のほうを恐る恐る見ます。対面は入院する時以来ですから、五十三日ぶりです。そして、入院した時とあまり変わらないように見える父の姿に、ホッと胸を撫《な》で下《お》ろしました。

「そんなに息を切らして大丈夫なの？　エレベーターで上がってくれば良かったのに」

「ん？　うん、でも、これもリハビリだから」

「今日は体調がいいんだって？」

「もう大丈夫だ。少し食べられるようになったし、これからは良くなる一方だと思う。これからは、『今日は一往復』、『明日は二往復』と、階段の上り下りを増やして体力をつけていくから」

それまで父の体調が悪い話ばかりを聞いていましたが、そんな話はまるでウソだったかのように元気そうに見えました。

「お風呂に入りたいだろ？」

「お母さんに身体を拭《ふ》いてもらっているから大丈夫だよ」

「身体を拭くのと、お風呂へ入るのとでは全然違うだろ？　もう少しの間だけ辛抱《しんぼう》していてくれな」

「体調はどうなの？」

「この背中の痛みだけは早く何とかして欲しいんだよ。でも、大丈夫だ。先生もすぐに痛みが消えると言っていたし、お父さんもそんな気がするんだ」

父はそう言って、とても元気で前向きでした。その後も楽しく会話が続き、十五分ほど時間が流れました。そしてちょうどパジャマの裾《すそ》を太ももまで捲《まく》り、「こんなに細くなっちゃった」と細くなってしまった脚を僕に見せているところへ、従兄弟が二人、父のお見舞いへやってきました。父は僕の部屋へ入って来た従兄弟たちにも脚を見せ、

「見てみろ。こんなに細くなっちゃった」

それを見た従兄弟たちは、

「叔父ちゃん大丈夫なの？　それはちょっとやばいんじゃない？」

と笑いながら返していました。しかし、心の中ではその痩《や》せ細ってしまった脚を見てショックを受けたに違いありません。

「叔父ちゃん、体調はどうですか？」

「やっと今日あたりから良くなってきたんだよ。退院をして六日目になるけど、昨日まで体調が悪かったから、退院して以来、初めて泰之と顔を合わせたんだ」

そこへ僕も話に加わりました。

「一週間も同じ家の中にいながら顔を合わせなかったんだよ」

普通では考えにくいことでしたし、また、父が元気になった喜びから、従兄弟たちを驚かすと同時に笑わせようと思ったのです。

父はその後リビングへ向かいました。僕も父の脚の細さにはショックを受けましたが、想像していたほど痩せた様子はありませんでしたし、何より父が僕の前に元気な姿を見せてくれたことをうれしく思いました。

食事が摂《と》れない

八月十七日

昨日、あれほど元気な姿を見せていた父でしたが、再び体調を崩してしまいました。薬を飲むために少しでも食事を摂らなければならないのですが、父は抵抗し、水以外は口にしませんでした。

食事が摂れないことを心配していると、母はさらに心配することを言い始めました。

「お父さんの様子が変なのよ。訳《わけ》の分からないことを言うの。頭がおかしくなっちゃったみたいに」

父はこの時五十三歳でした。年齢的にボケるのはまだ早過ぎます。僕は前日に父と会ったばかりで、受け答えもしっかりしていたので、母の言うことを多少不安に思ったものの、特に気には留めませんでした。

しかし、もう一つここで問題が起こり始めました。それは母の体力でした。父の仮退院の時もそうでしたが、父が退院をしてからというもの、睡眠時間が毎晩一、二時間なのです。「僕がお父さんの様子をうかがっているから少しでも寝て」と言うのですが、母は横になっても、すぐに飛び起きて父の様子を見に行っていました。

父が退院をして一週間、母はほとんど不眠不休で頑張っていましたが、これ以上は母の体力がもたないと感じました。だからと言って助けてくれる人はいません。母が一人で頑張るしかありませんでした。

八月十九日

この日で丸三日間、父は食べ物を口にしていませんでした。ただでさえ衰弱しきっているというのに、このままでは本当に死んでしまいます。「無理矢理にでも何か食べさせた方がいい」と母に言うのですが、母が「食べて」と言ったのでは、父は怒るばかりで言うことを聞いてくれません。

母の体力も限界に来ていました。母は疲れた口調で言いました。

「お母さんはもう限界。早くお父さんに元気になってもらわないとお母さんまで参っちゃう」

母の体力を考えると、父にもう一度入院してもらい、父の体力を点滴で快復させ、その間に母には睡眠をたっぷりとってもらい、一度みんなで体調を整えることが大切だと思いました。

僕は母と相談をし、父を入院させることにしました。しかし、このことを父に話したところで、素直に受け入れてくれるはずがありません。そのため、従兄弟に事情を話し、父の実の兄であるてっちゃんパパから入院を説得してもらうようにお願いしました。

早速、従兄弟にメールを書きました。

「仕事中にごめんなさい。実は親父が丸三日間も食事を摂《と》っていません。このままでは本当に死んでしまいます。僕やおふくろが入院をしろと言っても聞いてもらえないので、てっちゃんパパから親父へ入院をするように説得してもらえないでしょうか。よろしくお願いします」

入院を拒《こば》む父に対して、申し訳ない気持ちでいっぱいでしたが、父の身体を思えばこその決断でした。

その晩、てっちゃんパパが来てくれました。従兄弟から僕からのメールの内容を聞き、お見舞いを装《よそお》って来てくださったのです。

てっちゃんパパは来るなり、父の手首に手を当て、脈を計りました。

「脈が速いな。今からでも病院へ行った方がいい」

てっちゃんパパの言葉に父は反発したそうです。父はよほど病院へ行くのが嫌だったらしく、「行きたくない」と、てっちゃんパパを説得しようとしたそうです。しかし、てっちゃんパパは最初から病院へ連れて行くつもりだったので、父が何を言おうとも聞く耳を持ちませんでした。

最終的には父が根負けするような形で病院へ行くことになったそうです。それはてっちゃんパパが僕の家へ来てから約二十分後のことでした。

玄関からてっちゃんパパの声が響き、いよいよ病院へ行くのだと分かりました。

父は観念しててっちゃんパパのあとを玄関までついていきましたが、すぐにまたリビングへ戻ってしまいました。そして、

「嫌だぁ。行きたくない」

そう言って布団へ倒れ込んだそうです。それでも結局、てっちゃんパパに強引に病院へ連れて行かれてしまいました。その時の様子を見ていた母は、

「これがお父さんのためだと分かっていても心苦しかった」

と話していました。

病院へは母とてっちゃんパパが付き添い、僕は家に一人残されてしまいました。父には早く元気になって欲しかったので、入院をして欲しいという気持ちはあったのですが、やはりリビングが静まり返ってしまうと、早く元気になって帰って来て欲しいと思いました。

数時間後、母から電話がかかりました。

「もしもし、今から帰るから」

その帰るという意味は、父も一緒だとすぐに分かりました。

「はぁ？　何を言ってるの？　お父さんは大丈夫なの？」

「先生が大丈夫だって言うの。詳しいことは家へ帰ってから話すから」

母の言葉が信じられませんでした。人間の身体は食事をしなくても水分だけ摂《と》っていればかなりの期間、生き続けられるとは聞いていましたが、それにしても父の場合はかな

り衰弱《すいじゃく》していましたし、先生は何を考えているのだろうと思いました。しかし、先生は医学のプロですから、先生を信じるしかありません。

病院から帰って来た母に話を聞きました。母の話によると、診察室へ入った父は、診察室の端にある小さなベッドの上であぐらをかき、家へ帰りたいという気持ちを真剣な顔で話したそうです。先生は主治医ではなく、その日の当直の先生で、父のカルテを見ながら、うんうんとうなずいて父の話を聞いていたのですが、最後には笑顔で「帰っていいですよ」と言ったそうです。

帰りの車の中で父は母にこう言いました。

「あと三日経っても食事が摂れないようだったら、その時は入院するから」

第五章　まだ生きている！

お父さんはガンなの？

八月二十一日

父はこの日も食事が摂《と》れませんでした。体調は悪くなる一方で、背中の痛みはウソのように忘れるどころか、激しさを増していきました。痛み止めの薬は食後に飲むので、本当でしたら食事を摂らなければならないのですが、摂れない状態だったので薬だけを飲みました。また、座薬も併用していました。病院側から、「痛みがひどい場合は薬の量を増やしてください」と言われていましたので、少しずつですが使用する量も増えていました。

母はまた僕のところへ来て言いました。

「やっぱりお父さんおかしいよ」

「どういうこと？」

「突然、訳の分からないことを言い出すの」

母は真剣に心配をしていましたが、僕はそのおかしい父を見ていないので、母の話だけだと何が起こっているのか理解できませんでした。

夕方になり、陽が沈み始めた頃、ヒミママが来ました。ヒミママは真《ま》っ直《す》ぐリビングで寝ている父のところへ行きましたが、五分と経たないうちに、

「はい、こんにちは」

大きな声でそう言って僕の部屋へ入って来ました。ヒミママはいつもこうして元気に挨拶をします。僕も負けずに、

「いらっしゃい」

と明るくヒミママを出迎えました。しかし、ヒミママは僕のベッドの脇まで来ると、急に声をひそめて言いました。

「今のうちにお父さんの顔をよく見とけ」

突然、何を言い出すのかと思い、言葉を失いました。とにかくいい話でないことだけは分かります。僕が呆気《あっけ》にとられ、無言のままヒミママの顔を見ていると、ヒミママは続けました。

「今度病院へ入ったら、もう帰ってこられないんだかんね」

つまりそれは死を意味していました。

「えっ……、お父さんはガンなの？」

僕の問いにヒミママは目を閉じ、大きくうなずきました。そこへ母が僕の部屋へ入って来ました。あまりのショックに救いを求めるような気持ちで母を見ると、母は顔面蒼白《がんめんそうはく》で表情が固まっていました。

「お父さんのことを聞いた？」

「今、ヒミママが泰之の部屋へ来る時、階段の下で少しだけ」

母は力なく答えました。

ヒミママがすべてを話してくれました。

「お父さんは今、病院へ行きたくないと言っているけど、あと二、三日で身体がつらくなって自分から病院へ行くと言い出すから。そしたらもう二度会えないかんね。本当は退院もできる状態じゃないんだから。そこを病院の先生が、『最後に少しだけでも家族と一緒に生活させてあげたい』と言って退院を許可してくれたんだから」

ヒミママは最後の生活を、僕と父が毎日顔を合わせているものだと思っていたようです。しかし、十六日にお見舞いに来た従兄弟たちから、僕と父が同じ家の中で生活をしながらも顔を合わせていないという話を聞いて、これ以上父の病気を隠すことができないと思い、慌《あわ》てて飛んで来たそうです。

そもそも、なぜヒミママが家族である僕も母も知らない父の病状を知っているのか疑問でした。

「なんでヒミママがお父さんの病状を知ってるの？」

「お父さんがM胃腸科クリニックへ行ったでしょ？　そこの先生と私は友達なの。千代という苗字は珍しいから、私のところへ『お知り合いですか？』と連絡が来て、『そうですけど何か？』と言ったら、末期のガンだって知らされたんだよ。先生はヤスの家の事情をお父さんから聞いて知ってってから、本当のことを話してしまうと、将来を悲観して一家心中してしまう恐れがあると、ヤスにもお母さんにも話さず、私へ知らせたの」

「てっちゃんパパも従兄弟たちもみんな知っているんだね？」

「親は知っているけど、子供たち（従兄弟）はまだ知らない。今夜話すことになってってから」

ヒミママと話をしているうちに、陽《ひ》はますます傾きました。部屋の中が暗くなり、ヒミママの顔が見えにくくなっても、電気を点《つ》けることにさえ気が回らないほど動揺しながら話を聞きました。

「今、お父さんが背中の痛みを訴えているだろ? あれは膵臓《すいぞう》にガンが転移してるの。手術でおなかを開いたら、胃だけではなくてその周りにある膵臓や肝臓、あらゆるところに転移していて、その部分が黄色くなってたの。それはてっちゃんパパが見てるからあとで聞いてみな」

「あっ、手術が始まってすぐに先生から家族に話があると言っていたのはそのことだったの?」

「そう。転移している部分を胃と一緒に取ってしまったら、手術中に命を落としてしまう危険性が高かったから、家族の人に患部を見てもらって、『このままおなかを閉じますが、いいですね?』という許可を取ったの」

ヒミママの話を聞くうちに、心の奥底で引っ掛かっていた問題が一つ一つ解けていきました。

「とにかく明日からは子供たち（従兄弟たち）を交代でここへ来させっから、ヤスは車椅子に乗せてもらえ。そしてお父さんが嫌がっても会うんだぞ」

ヒミママはテキパキと話し、父のいるリビングへと向かいました。母も慌《あわ》てるようにヒミママの後を追い、僕は真っ暗な部屋の中で一人残されてしまいました。

……先生が言っていた、「痛みはそのうちにウソのようになくなる」という言葉は死を意味していたんだ。父が胃カメラ検査をした晩に聞こえた女の子の声。その女の子が言った「ガンだよ」という言葉が今回も当たってしまった。当たったという表現よりも、本当だったんだという表現の方が正しいのかもしれない……。

この他にも頭の中では次から次へといろいろなことが駆け巡りました。

その晩、母と話しました。

「信じられないね……」

「……」

「お父さんは入院したくないと言っているのだから、最期《さいご》はこの家で迎えさせてあげようよ」

「そうだね……」

「ただ、心配なのはお母さんの体調だよ」

「お母さんは大丈夫。疲れたなんて言っている場合じゃない」

母は自分に気合いを入れるように言いました。


夜中、僕は眠れずにいました。父が退院をしてからというもの、寝ている時でもリビングの様子を音でうかがっていたため常に仮眠しかできませんでしたが、この日はその仮眠すらできませんでした。

考えることは父が死を迎えようとしている現実でした。子供の頃から恐れていた親の死が、これから起きようとしています。一年前、まだ父が体調不良を訴え始める前に感じた、「五年後には事故や病気で亡くなってしまい、この世にいないなんてことはないよな」という不安が現実のものとなってしまいました。あまりのショックから、どこか悪夢を見ているような感じでしたが、だからと言って現実から逃げることはできません。実際に父が亡くなった時、あまりの悲しみから気が狂ってしまうのではないかという恐怖感もありました。本当はこれから最期《さいご》を迎えようとしている父のことをもっともっと考えるべきだったのかもしれませんが、この時は自分のことで精一杯でした。

時折、リビングから父と母の話し声や物音がかすかに聞こえました。僕は心の中で、「お父さんはまだ生きている」と、そう強く思いました。そして定期的に襲う恐怖感に、「嫌だ！　嫌だ！　絶対に嫌だ！　お父さん死なないで！」

と心の中で叫んでいたのです。

ふと目を閉じると、また女の子の声が聞こえそうな気がしました。今度は何を言われるのか不安で、目を閉じることができないまま夜が明けていきました。

最期《さいご》をこの家で迎えさせてあげたい

八月二十二日

僕と父を合わせるために従兄弟が来てくれました。早速、従兄弟の手を借り、車椅子へ乗せてもらったのですが、その時、僕はとても緊張していました。それはこれから大イベントへ出席するかのような緊張感でした。

車椅子に乗せてもらい、エレベーターで下のリビングへ向かいました。この時の心境は「怖い」の一言でした。それまで父の体調が悪いという話は聞いていましたが、実際に体調が悪い父の姿を見るのはこの時が初めてでした。また、エレベーターの扉が開いた瞬間、涙が溢《あふ》れてしまうのではないかという不安もありました。

二階の僕の部屋と一階のリビングの短い距離ですから、エレベーターが動き出すと、あっと言う間に着いてしまいます。心の準備ができないまま扉が開くと、一人掛けのソファーに座る父の姿がありました。父はソファーの背もたれにもたれ掛かり、顔を天井へ向け、目を閉じていました。その表情はとてもつらそうでした。涙が溢《あふ》れてしまうかもしれないと不安でしたが、笑顔を維持することができました。ただ、父の姿を見て何と声をかけたらいいか分かりません。

従兄弟に車椅子を押してもらい、父のそばまで行きました。何とか明るく振舞おうと思いましたが、出て来た言葉が、

「お父さん」

の一言だけで、それ以上は出てきません。父は僕の呼びかけに、目を閉じたまま軽く左手を上げ応えてくれました。

少しの間、沈黙が続きました。沈黙がこれほどさびしく、不安なものなのかと感じた瞬間でもありました。僕はこの沈黙を嫌い、苦し紛れに父に話しかけました。

「体調はどう?」

その質問は自分でも情けなくなるほど愚かなものでした。父はゆっくりとした口調で答えてくれました。

「泰之には申し訳ないけど、できることならばこのまま安楽死させて欲しい」

僕の前では常に強気だった父が初めてこぼした弱音でした。

「何を言ってるの？　すぐに元気になるよ」

笑顔でそう言ったものの、死を目前にしていることを知りながら、「すぐに元気になるよ」と言ったことをつらく感じました。

父はとてもつらそうでしたが、こんな時でも僕にこう言って謝るのです。

「泰之、ごめんな。お風呂入りたいだろ？　すぐに良くなるから待っててくれな」

「頭も身体もちゃんとお母さんに洗ってもらっているから心配しなくてもいいよ。僕のことなんかよりも今は自分の身体のことを考えて」

父は目を閉じたまま、うんうんとうなずきながら聞いていました。

この後、数時間父のそばにいましたが、父の体調を考え、言葉はあまり交《か》わしませんでした。目を閉じ、苦しそうな父を見て考えていたことは、やはり「父は生きている。生きている父を感じ、目に焼きつけたい」ということでした。

夕方になり、自分の部屋へ戻ることにしました。本当はいつまでもそばにいたい気持ちでいっぱいでしたが、この当時はまだ体力がなく、車椅子へ座っていられる時間に限りがありました。

「またね」

僕の言葉に父はまたもや目を閉じたまま左手を上げて応えてくれました。その姿を見て、「もしかしたら、これが父の生きている最後の姿かもしれない」と不安に思い、目に焼きつけました。

夜になり、てっちゃんパパとヒミママが来てくれました。父のことで話をしたいため、僕が呼び出したのです。最初は二人ともリビングで父と話していましたが、まずヒミママが僕の部屋へ来てくれました。

「はい、こんばんは」

いつものように明るく元気に入って来られてしまい、僕は話をどう切り出していいか困ってしまいました。

「お父さんのことなんだけど……」

「うん、何だ？」

「お父さんの最期《さいご》をこの家で迎えさせてあげたいんです」

「ヤスがそうさせたいなら、そうさせてあげな」

僕は反対されるのではないかと思っていたので、やさしくそう言われ、驚きと同時に拍子抜けしてしまいました。

「えっ、いいの？」

「うん、いいよ。その代わりお父さんがつらくなって、自分から病院へ行くって言ったらどうすんの？　それでも家にいさせんの？」

「その時はお父さんの意思を尊重します。でも、今は二度と病院へ行きたくないと言ってるから、無理やり病院へ連れて行くような真似はしたくないんです。それにこの家は父が六年前に自分で建てた家です。だから最期《さいご》も自分で建てたこの家で迎えさせてあげたいんです」

家の話になった途端《とたん》、僕は堪《こら》えきれず涙が溢《あふ》れ出してしまいました。その様子をヒミママはうんうんとうなずきながら聞いてくれました。

「よし、ヤスの気持ちはよく分かった。そうしよう」

ヒミママは僕の気持ちに同意してくれました。そこへてっちゃんパパも遅れて現れました。ヒミママはてっちゃんパパと入れ替わるようにリビングへ向かい、僕はヒミママに話したことと同じ話をてっちゃんパパにもしました。そしててっちゃんパパもヒミママ同様に、僕の気持ちに同意してくれました。

八月二十三日

この日は土曜日だったので、午前中から従兄弟が来てくれました。すぐに車椅子に乗せてもらい、リビングの父のもとへ向かいました。午前中ということもあったのかもしれませんが、父の体調が少し良く思えます。食事は相変わらず摂《と》れない状態でしたが、父は少しでも食べて力を付けようとしていました。

「お母さん、お昼にそうめんを作ってくれないか。そうめんなら食べられそうな気がする」

その父の言葉がうれしく、拍手を送りたい気持ちになりました。きっと母も一緒にいた従兄弟も同じ気持ちだったに違いありません。一気に部屋の雰囲気が明るくなりました。

母はすぐにそうめんを茹《ゆ》で、父に出しました。僕も母も従兄弟も父の食べる姿に釘づけになりました。しかし、父はそうめんを一口食べるとこう言いました。

「違うんだよな……。悪いけど残してもいいか」

父はいつもと味が違うと言うのです。それまでにも母に、「○×が食べたいから作ってくれ」と言っていましたが、一口食べただけで「味が違う。いつもと違う作り方をしただろ?」と言って母を責めていたそうです。しかし、母はいつもと同じ作り方をしていました。変わってしまったのは母の作り方ではなく、父の味覚だったのです。この時に、やはりガンで亡くなった俳優の勝新太郎さんも、「ごはんを食べたら、ガソリンの味がした」と言っていたのを思い出しました。もしかしたら、ガンになると味覚が変わってしまうのかもしれません。結局、父は何を食べても美味《おい》しいとは感じなかったようです。

ただ、一つだけ味が変わらず、美味しく感じるものがありました。それは桃の缶詰に入っているシロップ（液体）でした。何も口にしないよりは少しでも身体に入れた方がいいので、桃の缶詰をたくさん買ってきて、シロップを水で薄めて父に飲ませました。きっと味はその後に一世を風靡《ふうび》した「桃の天然水」のようだったと思います。「桃の天然水」でしたら、父も美味しく飲めたと思うのですが、この時はまだ発売されていませんでした。

お昼を過ぎ、父に薬を飲ませ、痛み止めの座薬も入れました。座薬を入れる時だけは、僕と従兄弟は別の部屋へ行きました。

薬を飲み終わってしばらく話をしていると、父が突然焦ったように言いました。

「あれっ、俺が退院をしたのは入院をしてから五十日目だよな」

何を言い出したのかと思ったら、父は入院をした日から退院をした日までを数えていました。すぐに僕も計算を始めたのですが、母がすぐに答えました。

「四十九日目でしょ」

「四十九」という数字を嫌う父は慌てたように数え直しました。そしてガッカリしたように大きく溜息を吐いて言いました。

「五十日目だとばっかり思っていた。分かっていたら（退院を）もう一日延ばしたのに」

父は入院中も何日目かを数えていたようです。しかし、どこかで計算が狂ってしまったようです。母は計算をして四十九日目の退院だと知っていましたが、父が気にするといけないということで、今まで黙っていました。

父はそのまま目を閉じてしまいました。

それからすぐのことでした。父が変なことを言い始めたのです。

「俺、これからラウンドするんじゃないよな？　まだクラブを磨《みが》いてないよ」

最初は「ラウンド」の意味が分かりませんでしたが、クラブという言葉で、ゴルフだと分かりました。

その問いに母が返事をしました。

「ゴルフへ行きたいの？」

「行きたくない」

父は顔をしかめ、首を振りながらそう言いました。しかし、すぐにまた父は繰り返ししました。

「今からラウンドするんだよな？」

「その身体でどうやってするの？」

「しなくてもいいのか？　本当に？」

この時、初めて様子がおかしい父を目《ま》の当たりにしました。母がそれまで何度か言っていたのはこのことだったのです。

父の様子がおかしくなった原因は薬でした。痛み止めだと思って使っていた薬は、実はモルヒネだったのです。痛みが増すにつれ、使用する量が増えたため、幻覚症状が起こり始めていました。


夕方になると、父は「親戚を集めてくれ」と言い出しました。僕はベッドへ戻っていたので、詳しいことは分かりませんでしたが、父は何か話したいことがあったようです。すぐに父方と母方の親戚に連絡をとりました。

まず母方の親戚に集まって頂きました。その時、父はソファーに座り、足はソファーの前にあるテーブルの上に投げ出していたそうです。それはお客様に対して、とても失礼な態度ですが、身体がつらいため仕方ありませんでした。

「こんな格好ですみません」

と一言謝罪してから父は話し始めたそうです。

僕は自分の部屋にいたので、父が何を話したのか分かりません。母もまたお茶などの用意や接客で、父の話を聞くことが出来なかったようです。

郡司の伯父ちゃんは帰り際に玄関で、母にこう言ったそうです。

「助けてくれと言われてもなぁ、俺は医者じゃないしなぁ」

郡司の伯父ちゃんは資産家であり、僕の住む町の町会議員でもあり、何事にもスケールが大きく、頼り甲斐《がい》のある人です。父もきっと郡司の伯父ちゃんなら何とかしてくれると思ったのではないでしょうか。また、郡司の伯母ちゃんは父の話を聞いていて、

「自分はもうダメだと分かっているんじゃないかなぁ。私には自分が死んだ後、ケイ子(僕の母)と泰之のことを頼むと言っているように聞こえた」

と話したそうです。

母方の親戚が来てから一時間、父はずっと一人で訴えるように話し続けたそうです。父は話し終えると、疲れが出たようで目を閉じました。母方の親戚と入れ替わるように父方の親戚が来た時には父は眠りに就いてしまい、せっかく集まっていただいたのに、何も話せませんでした。

この時、父は何を話したかったのか分かりませんが、親戚一同を呼ぶということは、みんなにお別れを言いたかったのではないかと思い、その気持ちを思うと、切なくなりました。

お母さん、もう限界だよ

八月二十四日

この日も父の様子が、突然おかしくなりました。新聞紙を広げ、洋服の型紙を作り始めたのです。父は以前、洋服のデザイナーをしていたので、その頃の記憶が蘇ったのだと思います。

「おい、どうすんだよ。これじゃできないだろ」

父は母に対して怒り始めました。どうやら型紙を作るには新聞の大きさでは足らなかったようです。母はそれまで何度も幻覚症状が出ている父を見ていて、「できない」とか「分からない」と言うと、余計に怒り出すことを知っていたので、自分には分からないことでも分かっているふりをして答えました。

「ここにもう一枚新聞紙を足してみたらできるでしょ」

「そうだよ。それでいいんだよ」

父は怒りながらも満足している様子でした。

母は悲しかったに違いありません。しかし、涙一つこぼさず、一所懸命に父の相手をしていました。その姿は、見ていて胸が痛くなるほどで、僕の方が泣きそうでした。


父がトイレへ向かいました。数日前から母がトイレへ付き添うようになっていたのですが、この日は母に支えられたその姿に愕然《がくぜん》としました。昨日はふらつきながらも母に背中を手で支えられているだけでトイレへ行けたのですが、この日は母に体重を預けないと行けなかったのです。実は前の日もおかしいなとは薄々感じていたのです。一昨日も母は父の背中に手を当ててトイレまで付き添っていましたが、同じように見えても父の足取りはまだ軽やかでした。昨日は足取りが多少重くなり、ふらつき始めていたのです。

母に話を聞くと、父は日に日にトイレへ行くことが困難になっていたようです。最初は一人でトイレへ行っていましたが、そのうち母がトイレの前まで付き添うようになり、次の日にはトイレの中まで一緒に入り、用を足している間、倒れないように身体を支えるようになったそうです。僕も自分の目で父が弱っていく姿を見ていましたが、母の話を聞き、人間の身体というのはそんなに目に見えて弱っていくものなのかと驚きました。

その日の夜遅く、僕は階段を上がってくる足音で目を覚ましました。その足音は母のものでしたが、両手をつく音も聞こえ、足取りのテンポがいつもと明らかに違うので、すぐに異変に気付きました。

いつもでしたら、夜中は静かに僕の部屋へ入ってくる母が勢い良く扉を開け、倒れ込むように入ってきました。そして泣きべそをかきながら言ったのです。

「泰之……。お母さん、もう限界だよ……」

母は僕のベッドの枕元へ座り込み、呼吸がとても苦しそうで、その様子からパニック状態になっていることが分かりました。とにかく落ち着かせようと思うのですが、母は僕が何を言っても耳に入らないようで、ただ泣きながら、「限界、限界」と繰り返しました。

母は父が退院をして以来二週間、仮退院の日を含めれば十七日間、毎日睡眠時間が一、二時間でした。父は夜中も目が離せない状態だったので、朝も昼も関係なく看病を続けて来ました。一度は体力の限界だと言い、父を入院させようとてっちゃんパパと病院へ連れて行ったこともありましたが、父がガンだと知ってからは、再び頑張ると決意したばかりでした。

この晩、何があったかと言うと、母の話では、父の呼吸が一瞬止まると言うのです。母は眠る父の隣で横になっていました。ふと父を見ると、呼吸をしておらず、驚いて父の身体を揺すったそうです。すると、父は目を覚まし、

「どうしたんだ？」

と言います。そう言った父に安心をしたものの、父はすぐにまた呼吸が止まってしまったそうです。しばらくするとまた呼吸をするのですが、呼吸をしていない時間があまりにも長いので、母はそのたびに心配になり、身体がゾォーッとしたそうです。そのようなことが何度も続いた次の瞬間、頭の片側半分がビーンと痺れてしまい、脳溢血《のういっけつ》でも起こしてしまったのではないかと怖くなり、僕のところへ助けを求めに来たのでした。

泣きべそをかきながら話す母の様子を見て、本当にもう限界だと感じました。このままでは父ばかりか母まで失ってしまうと思いました。

「お父さんには申し訳ないけど、入院してもらおう」

「二、三日だけでいいから入院してもらって。そしたらまたお母さん頑張るから」

「今からてっちゃんパパに電話して、明日にでも入院できるようにお願いしてみる」

この時、夜中の二時でしたが、母のパニック状態がなかなか治まらなかったため、一刻も早く母を安心させようとてっちゃんパパに電話をかけようと思いました。しかし、電話をかける段階になり、母もこの時間に電話をかけてしまっては、てっちゃんパパに心配をかけてしまうし、何より非常識だと思ったようで、てっちゃんパパが起きる時間まで待つことにしました。自分から「電話は明日でいいよ」と言ったことで、母はようやく落ち着きを取り戻しました。

「とにかくお母さんは少しでも寝な。僕が起きていて、お父さんの様子をうかがっているから」

こうして母は午前二時半頃、束の間《つかま》の眠りに就きました。

八月二十五日

早朝四時。母は眠りに就いてからまだ一時間弱だというのに急に飛び起きて、勢いよく階段を下りて行きました。本当はもっとゆっくり眠っていて欲しかったのですが、目が覚めた母は父が心配になったのだと思います。

母はすぐにゆっくりと階段を上がり、僕の部屋へ入ってきました。

「お父さんは？」

「ぐっすり眠っている」

「呼吸は？」

「してる」

実は僕も母が寝ている間、ずっとリビングの物音に耳を傾けていたのですが、呼吸の音が聞こえるわけもなく、もしかしたら父は息を引き取っているのではないかと不安だったのです。父が呼吸をしていると聞いてホッとしました。

「もう少し寝ていればいいのに。ちゃんとリビングに耳を傾けているから大丈夫だよ」

「ぐっすり眠ったから大丈夫」

「お父さんもぐっすり眠っているんでしょ。もう少し寝てなよ」

「大丈夫、大丈夫」

確かに母はパッチリと目を開け、眠気があるようには見えませんでしたが、眠れる時に少しでも多く眠って欲しいと思いました。考えてみると、父が退院をして以来、眠そうにしている母を見たことは一度もありませんでした。

てっちゃんパパの朝は早く、毎朝五時前に起きて飼っている小鳥に餌を作っていました。母は精神的に安定していましたが、父を入院させたいという意志をできるだけ早くてっちゃんパパに伝えたいと思い、五時になるのを待って電話をかけました。

「もしもし、てっちゃんパパ？　おはようございます」

「おっ、ヤスか。おはよう」

てっちゃんパパは毅然《きぜん》とした態度で応対していましたが、緊張していることが感じ取れました。きっと早朝の電話だけに、父に何かあったのではないかと不安に思ったに違いないと思いました。そのため、異変が起きたわけではないということから話を始めました。

そしていよいよ本題へと移りました。

「実はお父さんに入院してもらおうと思って」

「なんで？　最期《さいご》は家で迎えさせてあげるんじゃなかったのか」

「そのつもりだったんですけど、今朝方早くお母さんが倒れちゃって、もう体力的にも精神的にも限界なんです。このままだとお母さんまで寝込んでしまうから、お父さんには申し訳ないけど入院してもらうしかないんです」

「お母さんは大丈夫なんか？」

「少し眠って今は精神的にも落ち着いているんですけど……」

「小さな身体でよく頑張っているもんな」

「よろしくお願いします」

「分かった。あとでヒミママと相談して連絡するから」

てっちゃんパパは僕の話を聞いて、すぐに了解してくださいました。

午前十時頃になり、ヒミママから電話がかかりました。

「今度はお父さんを入院させるって言うのか」

「はい、てっちゃんパパからも話を聞いていると思いますが、お母さんの体力が限界に達してしまって、このまま看病を続けるのは無理なんです」

「いいよ。その代わり、お前は家政婦さんに面倒を看《み》てもらうんだかんね」

思いもよらない返事でした。ヒミママはさらにこう続けました。

「お父さんが入院したら、お母さんは病院へ付きっ切りになるんだから、お前は家政婦に看てもらうしかなかんべ」

母の身体を心配して、父に入院してもらおうと言っているのに、母が病院で付きっ切りになったのでは何の意味もありません。僕だって本心は、父を入院させたくはないのです。しかし、母の体調や精神面を考えると、父に入院してもらうしか方法がなかったのです。

お昼になっても、父を入院させるか、させないか決まりませんでした。母が病院に付きっ切りになるのでしたら、このまま父を家で看た方がいいし、もし、父だけ入院させてもらい、完全看護で夜だけでも看護婦さんに看てもらうことができるならば、入院させて欲しいと思いました。

午後になり改めてヒミママから電話がかかりました。

「今、病院にいるんだけど、どうしてもお父さんを入院させたいか？」

「そうじゃなくて、お母さんの身体を考えると、その方がいいと思うんです」

「それじゃね、とりあえず先生が家にいながら点滴（栄養剤）を受けられるように手配してくれるそうだから、入院はしないで……。ねっ、入院は、し・な・い・で。夜は私が泊まりに行ってお父さんを看るから。そうすればヤスのお母さんも休めるだろ」

ヒミママの話を聞いて、ヒミママに対して申し訳ない気持ちでいっぱいでしたが、最も優先したいことが母の身体を休めることだったので、甘えることにしました。

その日からヒミママが泊まりに来てくれることになりました。その話を聞いた久保の伯母ちゃんもまた母の体調を気遣い、泊まりに来てくれることになりました。泊まると言っても、徹夜で看病をするということですから、かなりの体力が必要となります。そのため、ヒミママと久保の伯母ちゃんの二人が一日おきの交代で泊まりに来てくれることになりました。

点滴もこの日から始まりました。病院の先生が近所にある診療所の先生へ紹介状を書いてくれたので、診療所の先生が家へ来てくれることになりました。この先生は父が胃の痛みを訴え、初めて行った診療所の先生です。点滴をしてもらえることにはなりましたが、診療所の先生からは、

「点滴をしても気休めにしかなりません。逆に苦痛を与えるだけかもしれませんよ」

と言われてしまい、とりあえず五日間だけ受けることになりました。しかし、その点滴

には、「少しでも元気になり、少しでも長生きをして欲しい」という願いがこもっていました。

この晩は久保の伯母ちゃんが泊まりに来てくれました。このところ、久保の伯母ちゃんは毎晩のようにお寿司を買って来てくれました。それもスーパーの安いお寿司ではなく、お寿司屋さんの値段の高い美味しいお寿司でした。確かにこの頃は父の看病で、母は料理をしている時間がなく、誰かがコンビニやスーパーで買って来てくれたお弁当やお惣菜を食べていました。しかし、二十一日の夕方にヒミママから父がガンだと知らされた途端、そのショックから食欲が失せてしまい、ほとんど何も食べられなくなってしまったのです。それを心配した久保の伯母ちゃんが、少しでも食べられるようにと、僕と母の大好物であるお寿司を毎晩買って来てくれ

たのです。

せっかく久保の伯母ちゃんが泊まりに来て下さったのですから、母には早く眠って欲しいと思いました。しかし、いくら経っても母は床《とこ》に就こうとしませんでした。何度も母に寝るように言いましたが、母は床に就くよりも久保の伯母ちゃんと一緒にいたかったようです。体力的な心配もありましたが、実の姉である久保の伯母ちゃんがそばにいてくれることが、母にとってはとても心強く、精神的に癒されたようでした。

八月二十六日

午後になり、午前の診察が終わった診療所の先生が来てくれました。先生が来ると、父の声が僕の部屋まで響きました。

「こんにちは。お願いします」

そして帰る時は、

「ありがとうございました」

その声はとても大きく力強いものでした。声を聞いている限り、父は本当に体調が悪いのだろうかと疑うほど元気だったのですが、夕方になり、僕が車椅子でリビングへ行く頃になると、体調が悪くなり元気な父には会えませんでした。

八月二十七日

昼間、父がぐっすりと眠っていたため、母は僕の部屋へ来ました。

「午前中にね、お父さんがまたおかしなことを言い出したの」

「どんなこと？」

「玄関から人がたくさん入って来ると言うの。そして『あの社長は誰だ？ ほらあの年老いた白髪《しらが》まじりの社長だよ』って言うの。知らないというと怒るから話を合わせていたんだけど、今度は急に『俺の葬式をやってるのか？』って言うんだよ。和室とリビングに人がたくさんいて自分のお葬式をしている幻覚を見たみたい」

しばらく母と話していると突然、リビングで大きな物音がしました。すぐに父に何かあったと分かりました。しかし、母はその音に驚いて僕の顔を見たまま動こうとしません。

僕は母に、

「お父さんが倒れたんじゃない？」

と、「早くお父さんのところへ行って」という気持ちを込めて言うと、母は我に返ったように慌《あわ》ててリビングへ向かいました。

やはりそれは父が倒れた音でした。この時、父は母に付き添われてもトイレへ行くことが困難になっていました。そのため、祖母が亡くなる直前に使っていた大人用の簡易型の便座を親戚から借り、使い始めたばかりでした。

父はトイレへ行けなくなり、簡易型便座を使用しなければならないことが悔しかったようです。その時、母が僕の部屋にいたため、用ぐらいは一人で足そうと考えたのだと思います。しかし、足腰が立たず、バランスを崩し倒れてしまったようでした。

母が駆け付けると、父は床に倒れており、背中には簡易型便座にぶつけた痕《あと》が残っていました。

父は母に体を支えてもらい、簡易型便座の上で用を足しながら悔しさを噛み締め、小さな声で、

「畜生、畜生……」

と、何度も何度もつぶやいていたそうです。

診療所の先生から、「夕方には診療所へ来て、その日の様子を教えて下さい」と言われていたので、母は毎日診療所へ通いました。この日は父がトイレをしようとして倒れてしまった話をしたそうです。すると、先生はこうおっしゃったそうです。

「オムツは用意してありますよね?」

「はい、してあります」

母はそう言いましたが、本当はオムツなどまったく頭になく、「えっ、オムツ?」と大きなショックを受けたようでした。

診療所の先生は話の中で、こんな話もしたそうです。

「亡くなる前には、あごを上げ下げするような呼吸をします。そういう呼吸を始めたら、すぐに連絡をして下さい」

母は父が末期のガンだと分かっていましたが、父が死ぬということが信じられず、まるで他人事のように聞いていたそうです。

八月三十一日

車椅子に乗り、リビングへ行くと、父は布団の上で横向きになって、テレビの演歌番組を見ていました。いつもなら僕に、「お風呂へ入れなくて気持ち悪いだろ?」とか、「体調はどうだ?」と訊くのですが、この日は何も言いませんでした。

ぐったりした様子だったので、楽しんでいるのか、考えごとをしているのか分かりませんでしたが、父がテレビを見ているのは久しぶりだったし、話しかけにくい雰囲気だったので、僕は父の布団の隣に車椅子を停めて、父の姿を眺めていました。すると、演歌が好きな父が演歌を聴けるのもこれが最後かもしれないと考えてしまい、父の姿が涙で滲み始めてしまいました。しかし、父の前では絶対に涙をこぼしてはいけません。そう思って必死にこらえました。

この日、僕は父から離れたくなくなり、自分の部屋へ帰れなくなりました。ベッドへ戻るには従兄弟の手を借りなければいけないので、早くベッドへ戻り、従兄弟を家へ帰してあげなければいけないのですが、夜の十一時を過ぎても気持ちの整理がつきませんでした。

また、僕はこの当時、体力がなく車椅子に長く乗っていることができなかったので、疲れから冷汗をたくさんかいていました。

　それまで父は黙っていましたが、最後は父が僕の顔を見て、

「今日はもういいよ」

と言ってくれました。僕はその言葉で気持ちの整理がつき、自分の部屋へ戻ることができました。

第六章　お父さんありがとう

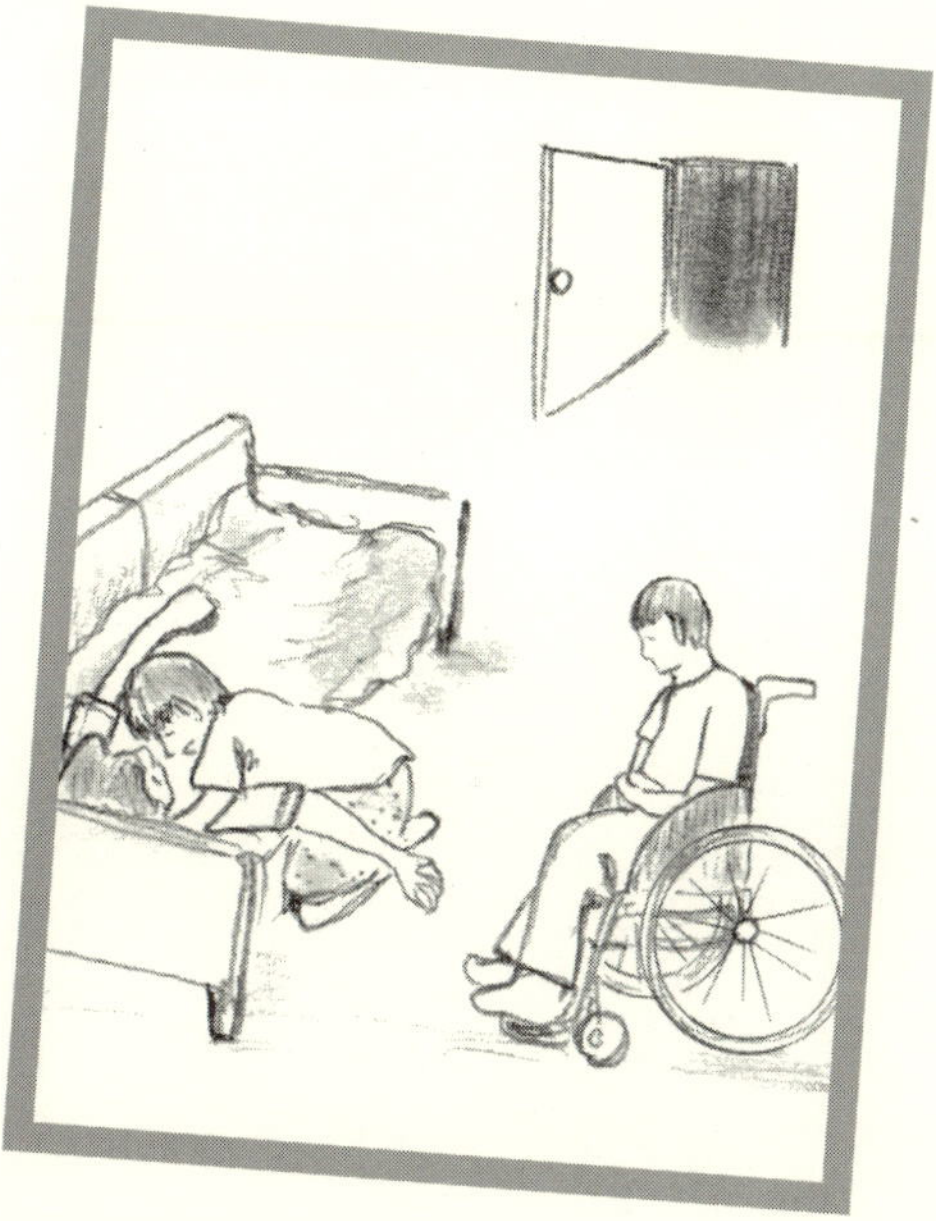

痛みと震えが

九月一日

父は薬のせいで眠ることが多くなり、目覚めている時は幻覚を見ているか、背中の痛みを訴えているかのどちらかでしたが、この日はとても元気になり、周りの人たちを驚かせました。

布団に横になってテレビを見ていた父は、しばらくすると「布団の角度が悪くてテレビが見えにくい」と言って怒り出したそうです。最初は母に直させていたそうですが、なかなか父の思う角度にならず、最後には父自身が布団の角度を直し、敷布団の乱れまで直したそうです。この頃はすでに足腰が立たなくなっていましたので、そんなことができるとは誰も思わず、周りのみんなを驚かせました。また、話もたくさんして、元気だった頃の父のように冗談を言って、みんなを笑わせたそうです。

その時、僕は一人で自分の部屋にいました。いつもでしたら、伯父さん・伯母さんが来ていてもほとんど物音がしないというのに、この日に限っては笑い声が何度も何度も湧き起こり、何事だろうと思いました。

とても楽しそうな雰囲気に、僕も仲間に加わりたいと思いましたが、この日は平日で手の空いている従兄弟が誰もおらず、車椅子に乗ることができなかったので、その後、母や伯母さんたちにその時の楽しかった様子を聞かせてもらいました。

「あれだけ元気なら、お父さん大丈夫だ！」

そんな話を聞き、少し希望が湧いたような気がしました。しかし、一方ではこんな話もありました。

「亡くなる前には、あのように元気な姿を見せるんだよな」

そんな話を信じたくはありませんが、実際に僕自身も知っている人が亡くなる時に、何度かそのような話を聞いたことがあったので、これは死が近づいた知らせなのかもしれないと思い、素直には喜べませんでした。

九月二日

従兄弟が来てくれたので、父に会うことができました。前日、体調がいい父に会えなかったので、この日も父の体調がいいことを願いましたが、残念ながらその願いは叶いませんでした。

父と会えなかったのはたったの一日だけでしたが、その一日だけでも父の容姿に異変を感じました。父が痩《や》せてしまったのです。腕や脚は棒のように細くなり、何より痩せたと感じたのは顔でした。元々細身で入院をした当時からかなり痩せていましたので、これ以上は見た目で変わることはないだろうと思っていましたが、それが変わってしまったのです。初めて見ましたが、顔が痩せるとこめかみが引っ込むのですね。自分のこめかみを触ってみると、そこには硬い骨のようなものがあるので信じられない思いでしたが、明らかに父のこめかみはペッコリと引っ込んでいました。それはまるで肩の鎖骨にできるへこみのようでした。

眠っている父を見ていると、心臓が鼓動している様子が分かりました。やはりこれも痩せてしまったせいでしょう。心臓の場所だけが激しく上下に動いていました。呼吸はゆっくりとしていて、時折呼吸をしない時間がありましたが、心臓の鼓動はとても速く、必死に生きようとしていることを感じました。死ぬ時は心臓の動きが遅くなり、ゆっくりと止まるのだと思っていましたが、この時、逆だと分かりました。きっと死ぬ寸前まで心臓は激しく動き続け、突然力尽きたように止まるのだと思いました。

しばらくして父は寒さを訴え、目を覚ましました。母が父の身体を触ると、とても冷たかったようです。父は見る見る震え始めました。

暖かい肌着や冬物のパジャマを着せましたが、震えは一向に止まりません。

「電気毛布を掛けてくれ」

父の言葉に、母は大急ぎで押入れの奥から電気毛布を引っ張り出して来ました。しかし、電気毛布のスイッチを最強にしても父の震えは止まりません。父はさらに言葉を続けました。

「ストーブを点《つ》けてくれ」

その言葉にはさすがに耳を疑いました。これから秋に向かうという季節ですが、それでもまだ九月のはじめです。とてもストーブを点けるような気温ではありません。この後、羽毛の毛布を掛けたことによって震えが止まりましたが、一時はあまりに父がつらそうだったので、本当にストーブを点けようかという話にまでなりました。

父が瘦《や》せたことを感じたと書きましたが、この頃、同時に母が瘦せたことも感じました。毎日顔を合わせていて感じたくらいですから、よほど急激に瘦せていったのだと思います。とても心配になりましたが、母に言うと気にすると思ったので言えませんでした。

九月五日

父の背中の痛みが増し、うなり声を上げるようになりました。これまでにも声を上げることはありましたが、この日は常にうなっている状態でした。少しでも痛みを和らげてあげたいと思うのですが、小さな薬でさえも父はなかなか飲み込むことができません。母が父を励ましながら何とか飲ませていましたが、たった一錠の薬を飲ませるのに一時間以上もかかってしまいました。

父の止まないうなり声に僕は不安になりました。父のそばについていたいと思うのですが、やはり母一人の力では僕を車椅子に乗せることができず、僕は自分の部屋で父の苦痛が和らぐことを祈るしかありませんでした。

母もまた不安になったのだと思います。あまりに父の様子がこれまでと違っていたので、父に何か起こるのではないかと、僕の部屋へ来て言いました。

「ちょっと様子がおかしいよ。みんな（親戚）に知らせた方がいいかなぁ」

「どんなふうにおかしいの？」

「うなり声が聞こえるでしょ。苦しみ方がいつもと違うの」

「何かあったらすぐに知らせてくれって言われているから知らせよう」

僕が連絡をすると、すぐに親戚が集まりました。すると、どういうわけか父のうなり声が止まり、みんなの笑い声が聞こえてきました。父の最期《さいご》が訪れるのではないかと緊張していましたが、突然のその和やかな雰囲気に、僕は呆気《あっけ》にとられてしまいました。

父の様子を見た従兄弟たちが僕を安心させようと、僕の部屋へ来て言いました。

「とても苦しそうだけど大丈夫だよ」

大丈夫だと言われても、この目で確認をしなければ安心できません。すぐに車椅子に乗せてもらい、父がいるリビングへ向かいました。父は痛みがあるため顔をしかめていましたが、その場にいた親戚はみんな楽しそうにしていました。それは決して父を心配していないわけではありません。とても心配しているのですが、少しでも明るく振舞おうとしていることが分かりました。父はみんなと一緒に明るく笑ったりできませんが、少しでも心が和んでくれたらいいなと思いました。

夜になると、再び父のうなり声が始まりました。その晩はヒミママが泊まることになっており、ヒミママは母の身体を気遣い、「早く寝ろ」と言いますが、母はとても眠ることなどできませんでした。

僕も同じでした。父の体調が日に日に悪化し、もしかしたら今夜が、父がこの一所懸命働いて建てた大切な家で過ごす最後の夜になるかもしれない。そう思うと、父が可哀想《かわいそう》で可哀想で涙が溢《あふ》れて止まりませんでした。

九月六日

この日も父は朝からうなり声を上げていました。退院をしてきた頃は、昼間は痛みが和らぐようでしたが、もうこの頃になると昼も夜も関係なく痛みに襲われていました。

そのうなり声も半端ではありません。時々悲鳴のように、高い声で「くぅー」と言ったり、低い声で「あー」と言ったり、その声からも激しい痛みが襲っていることが感じ取れました。

父の痛みを和らげてあげたい。その苦しみから逃れさせてあげたい。そう思いましたが、いくらそう思っても僕には何もしてあげることができませんでした。そして自分でも驚きましたが、父の苦しむ姿にいたたまれなくなり、早く楽になって欲しいと願うようになったのです。楽になるということは亡くなって痛みから解放されるという意味です。

つい二週間前、ヒミママから父が末期のガンで、あと数日の命だと告げられた時は、父の死を受け入れることができず、「お父さん、死なないで」と、精神的におかしくなりそうでした。それからたった二週間しか経っていないというのに、父の死を望むようになりました。親の死は子供の頃から恐れていたことだったので、それはとても不思議な感覚でした。

この夜、親戚がまた大勢集まりました。その時、親戚の叔父さんから思いも寄らない言葉が投げかけられました。

「お父さんの一番いい写真を用意しておけ」

それは遺影に使うものだとすぐに分かりました。近々必要となることは事実ですが、僕はそれまで一度もそんなことを考えたことがなく、父はまだ生きているのに遺影に使う写真を探さなければならない現実に、悲しみや悔しさ、父に申し訳ないという思いなど、いろんな気持ちが入り混じりました。

この話を母にすると、母もまた、数日前にヒミママから、

「亡くなった時に着せる着物を用意してあんのか?」

と言われ、僕と同じような思いをしたそうです。

この夜、久保の伯母ちゃんが泊まってくれましたが、父があまりにも苦しそうなので、母は父の隣に寝ることにしました。二階の自分の部屋では父が気になり、とても眠れないと思ったのだと思います。

母は横向きで寝ている父の背中をずっと擦《さす》っていました。静かに眠る父に安心して母もまた眠ってしまうのですが、少しでも擦る手を休めると父がうなり声をあげるので、眠らないように気をつけながら擦り続けたそうです。

一秒でも長く見ていたい

九月七日

お昼におなかが空いたなと思っているところへ、慌《あわ》てた様子で階段を駆け上って来る足音が聞こえます。父に何か起こったのかと思い、ドキドキしていると、

「ごめん、おなか空いたでしょ」

と言って、母が僕の部屋へ飛び込んで来ました。母は僕がおなかを空かせているだろうと心配し、慌てて飛んで来てくれたのですが、僕はその気持ちがうれしかったものの、父の体調がいつ急変してもおかしくない状態だったので、「あまり脅《おど》かさないでくれよ」という思いでムッとしてしまいました。また、母が手に持っていたものを見て、さらにムッとしました。母の手にあったものはバナナでした。それまではどんなに忙しくても、誰かが買ってきてくれたコンビニのおにぎりやお弁当、またはカップラーメンを食べさせてくれましたが、この日に限っては何もなく、また忙しかったため、バナナになってしまった

のです。

「バナナ？」

「今日はこれで我慢して」

忙しそうにしている母にそう言われてしまうと返す言葉がなく、我慢するしかありませんでした。

「お父さんが薬を飲んでくれなくて困ってるの」

母は僕にバナナを食べさせながら言いました。

母の話によると、父があまりにも背中の痛みを訴えるので、早めにお昼の薬を飲ませようとしたそうです。すると、父の口の中から朝に飲ませたはずの薬が出てきたと言うのです。父は飲み込むのが大変だったので、きっと飲んだふりをしていたのだと思います。

父が薬を飲むことがどれだけ大変なことか分かっていましたが、母は痛みを和らげてあげることが父のためだと分かっていたので、励ましながら飲ませました。母と一緒に父を見守っていた郡司の伯母ちゃんも励ましてくれたそうです。郡司の伯母ちゃんはまるで子供に話しかけるようにやさしく言ったそうです。

「ほら、早くゴクッと飲みな。飲めば早く楽になるぞ」

その口調を母が真似をして、僕に話してくれました。すると、父は郡司の伯母ちゃんに促《うなが》されるように、本当に喉《のど》をゴクッと鳴らして飲んだそうです。きっとそれは父の精一杯の力だったと思います。

「お母さんは何か食べたの？」

「お母さんもバナナを食べる」

「お父さんの具合は？」

その問いに母は首を傾《かし》げ、考えているようでした。きっと良くも悪くもないという感じだったのだと思います。

母は僕にバナナを食べさせると、またリビングへ向かい、郡司の伯母ちゃんと話をしながら、父の背中を擦《さす》りました。

「おか・あ・・はん（お母さん）」

その時、小さな声で父がそう言ったそうです。

「どうしたの？　痛いの？」

母はそう言って、少し強く父の背中を擦《さす》りました。父は背中が痛かったのか、それとも母に何か言おうとしたのか、それは分かりませんが、その後は何も話しませんでした。

しばらく父の背中を擦り続けていると、父の前に座っていた郡司の伯母ちゃんがうれしそうに言ったそうです。

「いい顔して眠っているから見てみな」

母は郡司の伯母ちゃんの言葉に父の顔を覗《のぞ》き込みました。それは退院してから一度も見せたことのないような本当にいい顔だったそうです。母はきっとうれしかったのだと思います。そのことを僕に伝えようと僕の部屋へ来てくれました。僕もその話を聞いて、薬が効いて楽になったのだろうと安心しました。

それから五分ぐらい経った時でした。再び母が二階へ上がって来ました。しかし、その足音は明らかに慌《あわ》てています。

「お父さんの様子がおかしいの」

「どんなふうに？」

「分からないけど、とにかく呼びかけても返事がないし」

母は少しパニックになっているようで、冷静に物事が把握《はあく》できていないようでした。

「みんなに知らせた方がいいかな」

先日も父の様子がおかしいと親戚を集めましたが、何事もなく心配だけをかけてしまったので、またそのようなことがあってはならないと少し考えてはみたものの、何かが起こってからでは遅いので、すぐに連絡をとることにしました。

連絡を受けた親戚が続々と集まって来ます。真っ先に飛んで来た叔父さんが父を見て、すぐに僕の部屋へ飛び込んで来ました。

「すぐに支度《したく》をしてリビングに下りておいで。お父さんはもうダメだ」

僕はすぐに母を呼び、支度をしてもらいました。母は僕の支度をしながら言いました。

「たった今、あごを上下させる呼吸を始めちゃったの」

母の顔から、「どうしたらいいの？」と動揺している様子がうかがえます。僕も内心は冷静ではありませんでしたが、ここで取り乱してはいけないと思い、冷静を装《よそお》いました。

支度《したく》が終わると、すぐにリビングから従兄弟を呼び、車椅子に乗せてもらいました。そしてエレベーターに乗り、リビングへ向かいました。

エレベーターの扉が開くと、すぐに父の姿が目に入りました。その時の父は目も口も半開き状態で、どんなに具合が悪かった時でも一度も見せたことがなかった顔をしており、特に目を見れば、もうダメだということが一目瞭然《いちもくりょうぜん》でした。

呼吸もあごを上下させていたので、すぐに診療所へ電話をかけました。しかし、この日は日曜日だったせいか誰も出ませんでした。「誰も出ない時は自宅の方へ連絡してください」と言われていたので、自宅へ電話をかけたのですが、それでも誰も出ません。仕方なく、父が入院していた病院へ電話をかけることにしました。

この時、電話をかけたのは叔母さん（父の実の妹）でした。急いで電話をかけたのですが、病院側はカルテを探すのに少し時間がかかっているようでした。また、病院の人が受話器の向こうで何を言ったのか分かりませんが、叔母さんはこのような受け答えをしていました。

「はい。……はい。……はい、そうです。胃ガンです」

僕は父の顔を見ながら叔母さんのやり取りを聞いていたのですが、最後の「胃ガンです」

の言葉に、思わず大きな声で、「えっ！」と叫んでしまいました。

この時、父はすでに意識がなかったかもしれません。しかし、意識がないように見えても、実はあったという話を聞いたことがあるので、最後まで自分は胃潰瘍だと思っていた父が、それを聞いてショックを受けたのではないかと心配になりました。

病院から、「すぐに救急車を手配して病院へ来てください」と言われました。父は病院へは行きたくないと言っていたので、最期《さいご》は家で迎えさせるつもりでしたが、それを叶えることはできなくなりました。

救急車を呼んだ途端《とたん》、母が父にすがり、耳元で泣きじゃくりながら叫ぶように言いました。

「お父さん、お父さんありがとう。ありがとうね。今までありがとう。本当にありがとう」

救急車のサイレンが大きく聞こえてくる中、母は何度も何度も、「ありがとう」という言葉を繰り返しました。父はその声に応えようとしたのか、おなかの上にあった右手が少しだけ動きました。僕もそれを見て、「お父さん」と声をかけましたが、それ以上、父の身体が動くことはありませんでした。

駆けつけた救急隊は、すぐに枕を父の背中の下に入れました。そのため、父は上を向く状態になり、あごが上がりました。それには気道を開くという意味があるようです。その後、救急隊員から二、三質問があり、すぐに父は担架《たんか》に乗せられました。

その時、僕の心境は、「ちょっと待って！」でした。なぜなら、僕はここで父とお別れをしなければならなかったからです。父の様子を見て、病院へ行ってしまったら二度と生きて帰って来られないことは分かっていました。僕も病院へついて行けばいいのかもしれませんが、やはり車の乗り降りが困難だということや車椅子に乗っていられる時間に限界があるという理由から、ついて行くことができません。

担架に乗せられた父が救急隊員の手で運ばれて行きます。一秒でも長く父の姿を見ていたいと思った僕は、目で追い続けました。父の後を何人もの人がついて行くので、その人影で見えなくなります。その時は僕が身体や頭の位置を動かして見ようとしました。

家の外へ目を向けると、父は庭を通り、門の外へ運ばれて行くところでした。父の姿をもう一度見たいと思いましたが、父に付き添う母と救急隊員に隠れ、見ることが出来ませんでした。それでもそこに父がいると思うと目を離すことができず、再びサイレンを鳴らして走り出した救急車が見えなくなるまで目で追いました。

夜になりました。父方の伯父さん・伯母さんたちは病院へ駆けつけましたが、従兄弟たちは僕の家へ集まり、僕のそばに付き添ってくれました。僕はその従兄弟たちと話をしながら、母からの連絡を待ちました。この時、父の命が消えようとしているにも関わらず、僕は従兄弟たちと話をしながら大笑いをしていました。どこか切なさを感じつつも悲しいとはあまり感じず、大笑いをしているそんな自分が不思議でたまりませんでした。

夜中の十二時を過ぎ、従兄弟たちは帰りました。そして今度はその従兄弟たちと入れ替わるように、母方の従兄弟のお姉ちゃんが付き添ってくれました。そのお姉ちゃんとは大笑いをするようなことはありませんでしたが、やはりたくさんの話をし、先ほどの従兄弟たちと同様、消えようとしている父の命を悲しんだり、心配したりするようなことはありませんでした。

午前四時半、電話が鳴りました。それは母からでした。きっと父が亡くなったという知らせだろうと思い、さすがにドキッとしました。

一階で電話を受けた久保の伯母ちゃんが僕の部屋へ入って来ました。

「今、昏睡状態に入ったって」

あとで母から聞いた話によると、この時、父の心電図や脈を表す数字が見る見る下がっていったそうです。

それからさらに二十分が経ち、再び電話が鳴りました。そして再び一階で電話を受けた久保の伯母ちゃんが僕の部屋へ入って来ました。

「たった今、亡くなったって」

そう言うと、久保の伯母ちゃんはすぐに僕の部屋をあとにしました。

その知らせを聞いて、涙を流したのは一緒にいたお姉ちゃんでした。僕は涙が流れるどころか、なぜかホッとした気持ちでいっぱいでした。父の死はとても残念でしたが、それまで苦しんでいる姿を見ていたので、楽になることができてこれで良かったと思ったのです。

僕の部屋にお姉ちゃんのすすり泣く声と、いつからか降り始めた雨の音が静かに響いていました。

第七章　最後のお別れ

悪夢から現実へ

九月八日

父が亡くなったという知らせから一時間半ほど経った六時半頃、母が帰って来ました。その頃にはすでにたくさんの親戚が集まり、一階はとても賑《にぎ》やかでした。

帰って来た母は、すぐに僕の部屋へ入って来ました。

「ただいま。お父さん帰って来たよ」

「えっ、もう帰って来たの？」

亡くなったという知らせがあったばかりでしたから、そんなに早く父が帰って来られるとは思いませんでした。

「今、和室で寝ているから、泰之も会いなさい」

母はそう言うと、僕の支度《したく》を始めました。僕は支度をしてもらいながら、父と会うことを怖く感じました。亡くなってホッとした気持ちでいっぱいでしたが、やはり父の死を受け入れたくはなかったのです。そう思っていたら急に涙が溢《あふ》れ出し、この時ばかりは思いっきり泣きました。

亡くなった父とどのような心構えで対面しようかと考えていると、鈴《りん》の音が鳴りました。鈴とは仏壇にあるチーンと鳴る器のような形をしたものです。それまでは父が亡くなったと分かっていてもどこか悪夢を見ているような感じだったのですが、鈴の音が聞こえた瞬間、現実の世界へ引き戻されました。さらに車椅子に乗り、エレベーターでリビングへ向かうと、扉が開いた瞬間、部屋に充満していた線香の煙がエレベーターにも広がり、この香りもまた僕を現実へと引き寄せました。

エレベーターを降りて二メートルも進むと、右手に和室が見えます。車椅子を押してもらっているので、早く父と対面したいという気持ちと、亡くなった姿は見たくないという気持ちを整理する暇もなく、あっと言う間に父の前まで連れて行かれてしまいました。

和室には布団が敷かれ、その前にはろうそくと線香立てと鈴が置かれていました。顔には白い布が被《かぶ》せられ、枕元にはてっちゃんパパが座っていました。てっちゃんパパも自分の実の弟を失ったわけですから、きっと気を落としているに違いありません。しかし、とても明るく振舞い、その笑顔が余計に悲しく見えました。

「お父さんの顔を見るか?」

てっちゃんパパはそう言って白い布を捲《まく》りました。そこにはとても痩《や》せてしまい、元気な頃の面影はまったくありませんでしたが、痛みから開放され、とても安らかな顔をした父がいました。

線香をあげ、手を合わせながら、何度も何度も心の中で、「お父さん」と呼びました。呼べばいつものように目を開けるのではないかと思いましたが、ぐっすりと眠っているように微塵《みじん》も動く気配がありません。僕はこう心の中で続けました。「痛みから解放されて良かったね」。

気がつくと、父の足元に葬儀屋さんが座っていました。葬儀の打ち合わせをするために、僕と母を待っていたのです。僕は父が言っていた言葉を思い出しました。

「もし、お父さんが死んだら葬儀なんか挙げずに身近な身内だけ呼んでくれ」

これはドライブをしている時に父が言った言葉です。僕は最後に父のために何かできないだろうかと考えていたので、父の意思を尊重し、葬儀を挙げるのは止めようと思いました。しかし、現実問題として、それは難しいことです。とりあえず母に相談してみました。

「お父さんの葬儀は挙げないことにしよう」

母は僕の話を聞いて驚きました。母もまた、「私も葬儀なんか挙げて欲しくない」と言っていたので、僕の意見に賛成してくれると思っていたのですが、

「そういうわけにはいかないでしょ。てっちゃんパパたちの気持ちだってあるし、これは泰之の気持ちだけでは決められることではないよ」

確かにてっちゃんパパたちは父の実の兄弟であり、葬儀を挙げないとなると、てっちゃんパパたちの気がすみません。しかし、てっちゃんパパたちには申し訳ないのですが、それだけの理由でしたら、僕は父のためにも挙げないつもりでした。ただ、母の様子を見ていて、一番葬儀を挙げたいと思っているのは母だと感じたので、挙げることにしたのです。ただし、父の意思を尊重したいという思いもあったので、葬儀は密葬という形にし、鯨幕《くじらまく》は使用しない、花環《はなわ》もあげない、身内も極《ご》く身近な人だけしか呼ばないと決めました。本当はお坊さんも呼ばない、棺桶に入れない、霊柩車《れいきゅうしゃ》に乗せないということもしたかったのですが、それは不可能でした。

父の葬儀の日程は火葬場の都合により、通夜を翌日の九日、葬儀・告別式を十日に自宅で行うことに決まりました。

この日は特に用事がなかったので、昨晩眠っていない僕は少し眠ることにしました。来客は多かったのですが、その応対は親戚の人たちに任せることができたので、母もしばらく行くことができなかった美容室へ行き、通夜・葬儀に向け髪を綺麗にセットしてもらうことにしました。

母は美容室で髪を切ってもらいながら居眠りをしたそうです。

「お父さんが亡くなったというのに、悲しみをまったく感じずに、とても気持ち良く居眠りしていることが不思議だった」

母はその時の気持ちを話してくれました。その話を聞いて、母も僕と同じだったんだと思いました。つい二週間前は父の命が短いと知り、どうしたらいいか分からず動揺していましたが、この時は父の死に直面しても、乱すこともなく冷静でいられたことが本当に不思議でした。

愛犬のジミーは来客が多いため、トイレをさせる時以外はずっとハウスの中に入れられていました。人が大好きなジミーは、代わる代わる人が来るので、そのたびにハウスの中で喜びを表現しながら、「出してくれ」と言わんばかりに甘えた声で鳴いていました。

夜になり、身近な親戚だけになったので、ジミーをハウスから出しました。ジミーはしっぽを激しく振り、真っ先に大好きな父のところへ向かいました。それまでジミーは亡くなった父と対面しておらず、この時が初めての対面でした。父の顔のところまで来ると、ピタッと身体の動きを止め、布団から出ている首から上の匂いを嗅ぎ始めました。いつもでしたらそのまま甘えるように父にもたれかかるのですが、この時はしばらく匂いを嗅ぐと、身体の向きを変え、僕たちのところへ来ました。もしかしたらジミーは匂いを嗅いで、父が亡くなったことを理解したのかもしれません。その後、父のところへ行くことはありませんでした。

九月九日　通夜

通夜は夕方六時から行われることになっていました。その前に「納棺の儀」を行います。「納棺の儀」とは遺体を遺族の手によって棺に納める儀式のことです。

僕は車椅子のため、何もすることができません。葬儀屋さんの指示により、布団が捲られ、遺体を清浄綿で拭《ふ》き清める時も、天国への旅支度《たびじたく》をする時も、納棺する時も、みんなの邪魔にならないように、部屋の隅で見守っていました。

布団を捲《まく》った瞬間、父の姿を見て、「こんなに小さくなっちゃったの?」と愕然《がくぜん》としました。痩《や》せてしまったことは分かっていましたが、胸板やおなかがこんなにも薄っぺらになっていたとは想像していませんでした。改めて闘病の壮絶さを感じ、ただ呆然と父を見ていました。

棺には家族三人で撮った写真、ジミーの写真、それからオシャレだった父のお気に入りの洋服も入れました。

お父さん、熱かったね

九月十日　葬儀・告別式

父が亡くなった日から降り続いていた雨は父の死を惜しむかのような涙雨でしたが、告別式のこの日だけは青空が広がり暑くなりました。

この日は葬儀・告別式だというのに、朝から母と喧嘩になりました。原因は母の一言でした。

「今日はもうお父さんの顔を見ない方がいいよ」

その一言に驚き、腹が立ちました。この日、父は荼毘《だび》に付《ふ》されてしまい、二度と顔を見ることができなくなります。そのことを分かっていながら、どうしてそんなことを言うのか理解できませんでした。

「どうしてそんなことを言うんだよ」

「顔が変わっちゃったの。もうお父さんの顔じゃない」

「亡くなった時点で、すでに面影なんかなかったじゃないか。今更、何を言ってんだよ。今日を逃したら、もう二度とお父さんの顔を見られないんだよ」

怒りに震え猛抗議をすると、母はその後、何も言いませんでした。

葬儀・告別式が始まりました。僕はお坊さんのお経を聞きながら、父の遺影を見ていました。遺影の父は楽しそうに笑っています。それを見て、「お父さん、笑っている場合じゃないでしょ。これからお母さんと僕、それからジミーはどうやって生きて行けばいいの?」と話しかけました。しかし、父は笑っているばかりで何も答えてくれませんでした。

いよいよ最後のお別れとなり、部屋の真ん中に棺が置かれました。火葬場でも最後のお別れとして顔のところにある小窓のようなものを開けて顔が見られますが、車椅子の僕は覗き込むことが難しいので、この時が本当のお別れでした。目に焼きつけようと父の顔を見ると、母が言っていたように顔が変わっていました。昨日からたった一日しか経っていないというのに、痩《や》せて骨と皮だけになっていた顔が、さらに目の周りがくぼみ、全体的に小さくなったように感じました。きっと亡くなってから時間が経つにつれ、皮膚の張りがなくなっていったのだと思います。父の面影はさらになくなり、母の言った意味がよく分かりました。

出棺の時間になりました。最後に玄関の前で喪主《もしゅ》が挨拶をするのですが、挨拶は喪主である母の代わりにてっちゃんパパがしてくださいました。僕もてっちゃんパパと並び、庭や庭の外にいらっしゃる参列者の皆さんを見ていたのですが、そこには参列者だけではなく父の愛車もありました。太陽の陽射しを浴び、その反射でまぶしく光っている愛車もまた、父を見送っているようでした。僕は車を眺めながら、「お父さんはもうあの車には乗れなくなってしまったんだなぁ」と、届いた日のあのうれしそうな父の姿が目に浮かびました。

棺が霊柩車《れいきゅうしゃ》へと運ばれていきます。参列者は一斉に手を合わせ、父にお別れをしました。そして物悲しいクラクションの音が鳴り、霊柩車は火葬場へ向けて動き出しました。

僕が火葬場へ着いた時、すでに霊柩車は到着し、みんなは再び最後のお別れをしていました。以前火葬場で、棺にすがり取り乱す人を何人か見ていたので、僕もそうなってしまうのではないかと思いましたが、僕も母も冷静でいられました。

火葬場の職員の手により、台車のようなもので父の棺が運ばれ、窯《かま》の前まで行きました。

「いよいよ茶毘《だび》に付《ふ》されてしまうのか」と思ったら、急に父を守らなければいけないような気がして、「ちょっと待って」と言いたくなったのですが、口には出せず、結局、呆然と見ているうちに父の棺はどんどん進んでいきました。

再び参列者が手を合わせ、父の棺がゆっくりと窯に入っていきました。僕は、父が泣きながらみんなにサヨナラを告げているような気がしました。

棺が窯に収まり、蓋《ふた》が閉められると、すぐにゴーッという炎の音が大きく響き渡り、その勢いに僕はハッと息をのみました。

それから約一時間が経ち、茶毘に付された父と対面することになりました。しかし、変わり果てた父の姿など見たくはありません。母もまた僕と同じ気持ちだったので、窯の前まで行っても参列者の後ろに隠れていました。すると、

「ほら何やってんだ。早く来い」

と、てっちゃんパパに呼ばれてしまいました。

窯の蓋が開き、父が出てきました。恐る恐る見ていると、骨はほとんど残っていませんでした。理科室にある骨の模型のように頭蓋骨《ずがいこつ》や肩甲骨《けんこうこつ》などがはっきりと残っていると思

ったのですが、欠片《かけら》ばかりだったのです。

父の骨が乗った代車が別室へ運ばれ、そこで骨を拾うことになりました。骨は二人一組で拾います。僕は手の指が動かないため、知人が僕の手の代わりをしてくれました。骨のそばまで行くと、熱が伝わりました。熱いと感じながらも、骨の一つ一つを見ました。どの骨を見てもどの部分だか分かりませんでしたが、唯一分かるものを見つけました。それは額の骨でした。その形は父の額そのものだったのです。それまでは目の前にある骨を見ても、あまり骨とは感じず、しかもそれが父の骨だとはとても思えませんでしたが、額の骨を見て、改めて父なんだと思い知らされました。

父の遺骨は骨壷《こつつぼ》に収められ、その骨壷は箱の中に入れられました。そしてその箱を母が抱き、火葬場を後にしました。家へと向かう車の中、母は膝の上に父を抱き、大きく溜息を吐いてしみじみと言いました。

「こんなにちっちゃくなっちゃった」

すると今度は、父を持ち上げて、

「まったくもう、こんなに軽くなっちゃって」

母はこの状況が信じられなかったのだと思います。この現実が父の冗談であって欲しい、もう冗談は止めて元気な姿を見せて欲しいと思っていたのだと思います。しばらく膝の上に父を抱いていると、骨の熱が伝わり、膝が熱くなったようでした。僕にそのことを伝えると、再び父に話し掛けました。その口調《くちょう》は幼い子供に話し掛けるようなやさしいものでした。

「お父さん、熱かったね」

熱さに耐えたことを、「よく頑張ったね」と褒めているようでした。

密葬という形で極《ごく》身近な人たちにしか知らせませんでしたが、地元には親戚が多いため、出棺時には父の訃報《ふほう》を聞きつけた人たちが百人以上も集まってしまい、とても密葬とは思えませんでした。そのたくさんの人たちが、葬儀・告別式が終わった途端《とたん》、潮が引くように一斉に帰ってしまうのですから、急に家の中が広く感じ、その静けさが余計にさびしく感じられました。僕も母も気が抜けてしまい、出るのは溜息ばかりです。

改めて母を見ると、とても痩《や》せてしまったことを感じました。母はこの一ヶ月間、よく頑張ったと思います。父が退院をしてきた時、これからどうなってしまうのだろうと不安に思いましたが、その時はまだ父が元気になるものだとばかり信じていましたので、これほど大変な一ヶ月になるとは思ってもみませんでした。この一ヶ月を振り返った母は、「父の看病に無我夢中で、〝眠い〟とか〝おなかが空いた〟という感覚は一切なかった」と話しました。そのような状況でしたから、急激に痩《や》せてしまうのも当然かもしれません。ちなみに母は、元々小柄ですが、四十三キログラムあった体重は三十六キログラムまで減ってしまい、後の健康診断では痩せ過ぎと診断され、「これ以上痩せると命に危険が及ぶ」とまで言われたほどです。

母が身を削ってまで父の看病を出来たのは、父に対する愛情が大きかったからこそだと思います。そして、母の心の支えになってくれた母の姉妹、久保の伯母ちゃん、郡司の伯母ちゃん、八木沢の伯母ちゃんの存在もとても大きかったと思います。

エピローグ

遺《のこ》してくれた宝物

習慣とは恐ろしいもので、気がつくとテレビの音量を下げ、リビングに耳を傾けていました。静まり返ったリビングに、改めて父の死を実感させられます。父が生きていた頃は毎日が大変でしたが、やはりいつまでも生きていて欲しかったです。

父が亡くなったことで、栃木の家と埼玉の家を行き来できなくなりました。そのため、埼玉の家を引き払うこととなり、引っ越しの手続きや準備をするため、父と一緒に行った六月以来、約四ヶ月ぶりに埼玉の家へ行きました。

ポストの中には入りきらないほどの手紙が届いていて、それを大切なものとそうでないものとで仕分けました。その多くが市役所関係、福祉関係、銀行関係でしたので、全てを父に任せていた僕と母にはチンプンカンプンでした。そこで金庫の中を調べると、父が言っていたビロードのカバーの手帳が入っていました。そこには「いつ書いたのだろう?」と不思議に思うほど、いろいろなことが細かく書かれていて、何も分からない僕と母もスムーズに手続きを行うことができました。

とにかく手続きの数が多かったので、やるべきこと全てをレポート用紙に書き出し、一つ一つ片付けては消していきました。朝は十時から始め、銀行や市役所が閉まる時間まで動きました。しかし、あまりにも忙しいため、気がつくと夕方になっています。僕と母は時間の流れの速さに驚き、毎日のように、「えっ、今日ももう終わり?」と顔を見合わせました。

そのような忙しさが一週間以上続き、母は食事の支《し》度《たく》をしている時間などなかったので、ずっとコンビニのお弁当を食べていました。この時、お弁当が続いたせいか、それとも父が亡くなって精神的に参っていたせいか、僕は常に胃に痛みを感じていました。また、不思議なことに醤《しょう》油《ゆ》が甘く感じました。甘く感じるようになったのは、埼玉の家へ帰る前からだったので、きっと精神的なものによって、一時的に味覚が変わってしまったのだと思います。

手続きを終え、少しのんびりしながら引っ越しの準備を始めると、父の手帳がたくさん出てきました。書くことが好きだった父は、暮れに発売される日付入りの手帳を買い、その時の予定やギャンブルの収支、日記などを書いていたようです。日記と言っても、一行や二行の短いものばかりでしたが、その内容のほとんどが僕のことでした。

一九八六年二月六日　泰之交通事故。意外に元気な様子なので安心した。
二月七日　そんな馬鹿な、泰之が一生、不能者だって！
☆久しぶりに泰之に笑顔が出て来た。泰之が頑張っているのに、自分が弱気になって。しっかりしなくては。
☆今朝は少し落ち着いているみたいだ。よく寝ている。しかし、一日十五時間もよく眠れるな。心配だ。

このように僕の様子が毎日書かれ、最後には必ず、「明日は泰之にとっていい日であってほしい」と書かれていました。これが亡くなる寸前まで、数年に渡り続いていたのです。

この日記を見るまで、何も知らなかった僕は驚きました。何気《なにげ》ない内容でも、そこには父の愛情をたっぷり感じました。こんな形で宝物を遺《のこ》してくれるとは思ってもみませんでした。

ありがとう

父が亡くなって十一ヶ月が経ち、八月のお盆の時期になりました。この年のお盆は父にとって初盆《はつぼん》です。初盆はお客様が多くいらっしゃり、盛大に行うイメージがあります。僕の家でも小さな祭壇を作り、大きな提灯《ちょうちん》をぶらさげました。

祭壇を組み立て、そこへ父の遺影を置いた瞬間でした。突然ジミーが吠え始めたのです。ジミーは父の遺影を見てしっぽをちぎれんばかりに振り、喜びを表現していました。

「ジミー、もうすぐお父さんが帰って来るんだよ」

いつもなら首を傾《かし》げて話を聞くジミーは、この時ばかりは何も聞こえていないようで、祭壇の裏へ回ったり、また前へ来て遺影を見たり、何度も何度も繰り返しました。ジミーは写真というものを理解できなかったのでしょう。きっと遺影の裏に父がいると思い、必死で捜していたのだと思います。

お盆に入ると、予想していた通りたくさんのお客さんがいらっしゃいました。そしてそうめんを召し上がって帰られました。これは初盆の常識なのか、それとも栃木だけの習慣なのか分かりませんが、ほとんどのお客さんが当たり前のように召し上がりました。それまで初盆を経験したことがない僕にとって、とても不思議な光景でした。

十三、十四日と朝から夕方までお客さんが絶えることなく、忙しい二日間になりました。その間、ジミーは父の通夜・葬儀の時のようにトイレ以外はハウスに入れられ、ようやく出してもらえたのは十四日の夕方、最後のお客さんが帰った後でした。

お客さんの接待で疲れ果てている母と久保の伯母ちゃんと僕との三人で、少しのんびりしようとリビングでお茶を飲むことになりました。最初はジミーもおとなしく母の膝の上にいたり、隣で寝ていたりしていたのですが、気がつくと姿がありません。トイレにでも行ったのかなと思い、ジミーのトイレがあるお風呂場や、ハウスの中を覗きましたが、それでも見当たりませんでした。その内にまたリビングへ姿を現すだろうと思い、放っておいたのですが、ふと和室を見ると、なんとジミーが祭壇の前にある座布団に座り、父の遺影を見上げていたのです。その姿には驚きました。

「お母さん、ジミーが祭壇の前に座ってる！」

僕が小声で言うと、母と久保の伯母ちゃんがそっと身を乗り出し、和室を覗き込みました。それでもジミーは父の遺影から視線を外そうとはしませんでした。テレビドラマや映画ではよくある感動的なシーンですが、まさかジミーがそんなことをするとは信じられませんでした。

ジミーはどんな気持ちで遺影を見上げていたのでしょうか？　ずっと父の帰りを待っているのかなと思うと、胸が締め付けられるような思いでした。

そんなジミーを見ていたら、一年前の大変だった頃のことを思い出しました。父が亡くなった頃は気が動転していたので、気付かなかったことや、感じなかったことがたくさんありましたが、一年も経つと改めていろんなことを思いました。

入院中、父が言った言葉です。

「お父さんは泰之を守る立場の人間だぞ。そのお父さん

が泰之に弱っている姿を見せられるがわけないだろ」

普通なら、体調が悪いとさびしさを感じ、誰かに甘えたくなるものです。しかし、父は僕に不安を与えないために、甘えることをしませんでした。そして体調が悪化し、足腰が立たなくなっても、

「お風呂へ入りたいだろ？　すぐに元気になるから、もう少しだけ待っていてくれな」

と言ってくれました。父はあれほど苦しんだのに、僕に弱音を吐いたのはたったの一度だけでした。それ以外はどんなにつらくても苦しくても、僕のことを一番に考えてくれました。

「障害がある泰之を残して死ねると思うか？　死んでも死にきれないよ」

これは亡くなる一年前に言った言葉です。父は最後の最後まで僕のために元気になろうと必死でした。その姿を思い出し、この言葉は決して嘘ではなかったと確信しました。父はどんな思いで亡くなっていったのだろう？

父は他にも僕のために一所懸命でした。僕は父との約束を破り、オートバイの免許を取得して事故に遭《あ》ったというのに、父は僕を責めることなく、仕事を辞《や》めてまで面倒を看《み》て

くれました。僕の身体を治すために、何のあてもなく、勇気を持ってアメリカにまでドクターを探しに行ってくれました。しかし、僕は父に迷惑をかけるばかりで、一度も親孝行をしたことがありません。どうして父のために何かできなかったのだろう？ たとえ一度だけでも親孝行をしておけば良かったと後悔しました。

今、僕は長年の夢を叶え、作家として執筆活動、講演活動を行っています。そのことを母はとても喜んでくれます。母の喜ぶ姿を見ていると、少しは親孝行ができているのかなと思います。できることならば、今の僕の姿を父にも見てもらいたいです。

父はとても親バカなところがあり、僕が子供の頃から何かあると、それを自慢げに人に話していました。きっと今の僕の姿を見たら、また嬉しそうな顔で自慢するに違いありません。父は今、僕の仕事を分かっているのか、それとも分かっていないのか分かりませんが、きっと天国で喜んでくれていると信じ、これからも仕事を頑張り、父に親孝行していきたいと思います。

親父へ

親父の息子で本当に良かった！
僕も親父に負けず、
やさしい男、強い男になります。
たくさんのやさしさ、
たくさんの愛情を、
ありがとう。

この本を、父に捧げます。

あとがき

平成九年九月八日に父が亡くなり、それから十年目の節目となる今日、最愛の父をテーマに、親の愛情を描いた本を出版しました。

本文にも書きましたが、僕は父に対し、何一つ親孝行をしたことがありません。「孝行したい時に、親はなし」と言いますが、まさしくその言葉通りで、今となっては後悔ばかりが残っています。

父に対して、僕に出来る親孝行はないかと考えた時、この本のドラマ化を思い付きました。実はこの本の原稿は、今から二年半前に書き上げたもので、出版に至るまで、テレビ局のドラマ作品募集のコンクールに何度も挑戦していました。最優秀作品に選ばれるとドラマ化されるのですが、僕の原稿は残念ながら落選が続き、ドラマ化の夢は叶っていません。テレビの制作会社の方が協力してくださり、企画書を提出してくださったこともありましたが、結局、僕が無名の作家ということで白紙になってしまいました。しかし、僕は諦めるつもりはありません。父が僕のために最後まで諦めずに生きようとしたように、僕もドラマ化の夢が実現するまで、絶対に諦めずに頑張ろうと思います。

獲《と》らぬ狸の皮算用ですが、もし、ドラマ化が実現した時は、父の役を俳優の渡瀬恒彦さんにお願いできたらと思っています。父は生前、渡瀬さんの大ファンでした。渡瀬さんのドラマを欠かさず見ては、「俺もこういう男になりたいんだ」と話していたのです。

夢は叶うかな？　難しい夢ですが、夢は夢で終わらせるものではなく、自分の力で叶えるもの。そして必ず叶うものです。これは僕が二十一年間の障害者生活で学んだことです。父のために何が何でもドラマ化の夢を叶えてみせます！

とは書いたものの、僕だけの力よりも皆さんのお力も貸していただければ、夢が叶う可能性がさらに高まります。ぜひ父のためにお力をお貸しください。よろしくお願いします。

そして、もうひとつ僕が父に出来る親孝行……。

父を亡くした当初、将来の不安から夢も希望も失っていた僕も、今では作家として執筆や講演活動を行っています。作家などと偉そうなことを書いても、まだまだ一人前とは言えませんが、それでも僕の活躍を、母は喜んでくれます。母の喜ぶ顔を見ると、少しは親孝行が出来たのかなと思うのですが、出来ることならば、母だけではなく、父に対しても親孝行になればいいなと思います。

父は今、天国にいますので、僕の活動を知っているのか、それとも知らずにいるのか分かりませんが、父が喜んでくれていると信じ、これからも頑張って活動していこうと思います。

僕の近況を報告します。

昨年から活動の場を東京に移しました。その理由は、取材の面で便利なこと。講演へ行く際、交通の便が良いことです。

四年半前に出会ったボクシングは、今までは単なる趣味だったのですが、時が流れるにつれ、ますますその魅力に引き込まれ、今では仕事となりました。最初はボクシングに関する仕事に就《つ》きたいと漠然《ばくぜん》と考えていたのですが、僕に出来ることは、やはり執筆しかありません。それならばボクシングライターとなり、僕なりに思い切り書いてみたいと思うようになったのです。

現在は従来の障害者としての目線で書いているものと平行して、ボクシング観戦を楽しみながら、選手に取材を行い、ボクシングの本を執筆中です。

講演に関しては、今は教育関係の依頼が多く、主に中学・高校でお話をさせていただいていますが、それ以外にも企業や団体の依頼を受け、日本全国を回っています。


この本の制作にあたり、ご協力くださった皆様にお礼を申し上げます。

帯を書いてくださったガッツ石松さん。今回のテーマは「親の愛情」、しかも、僕としては「父」というよりも、「親父」という力強いイメージを表現したかったので、愛に溢《あふ》れた親父像にピッタリのガッツ石松さんに帯の文章を書いていただけたことに、とても感激しています。迫力あるガッツ石松さんらしい言葉をありがとうございます。

挿絵を描いてくださったひよ子さん。この本は「親の愛情」を表現した作品ですが、同時に父の苦しむ姿を描写しなければならず、やさしい雰囲気の中にも、悲しいイメージが表れてしまいます。その悲しいイメージを払拭《ふっしょく》してくれたのが、ひよ子さんのホッとするやさしい絵です。ありがとうございます。
出版社・エベイユの社長、亀岡亮介さん。亀岡さんの優しさ、励ましがあったからこそ、僕もここまで来られました。今後も亀岡さんとお仕事させていただくことが、僕の夢であり、喜びです。僕の乱雑な原稿をひとつの作品として出版してくださり、ありがとうございます。

平成十九年九月八日

千代泰之

〈著者略歴〉

千代泰之（ちよ やすゆき）

1966年7月26日、栃木県大田原市に生まれる。1986年2月6日、埼玉県大宮市（現さいたま市）でオートバイ事故に遭い、首の骨を折り四肢麻痺（第五・第六頚髄損傷）となる。日本での治療・リハビリ後、アメリカに渡って治療を試みるが失敗に終わり、車椅子での生活を送っている。
現在は自宅での執筆活動を中心に、日本全国で講演活動を行っている。

著　書
『やさしい風になれたら』『僕も恋していいの？』（樹心社）

E-mail　davidson@io.ocn.ne.jp
URL　http://www7.ocn.ne.jp/~davidson/

〈装画・挿絵〉

ひよ子（山本弘子）
1960年岡山県倉敷市生まれ。
色鉛筆とパステルで絵やお話を描いている。
2005年徳島県徳島市で「絵のハンカチ展」。
2006年岡山県倉敷市で「小さなイラストとお花展」。
2007年絵本「ひなたぼっこしたら」（吉備人出版）を出版
ホームページ　http://www.aslax.com/hiyoko/

親父は言った「お父さんに不可能という文字はない」

2007年8月25日　初版印刷
2007年9月8日　初版発行
〈検印廃止〉

著　者©　千　代　泰　之
発行者　亀　岡　亮　介

発行所　エ　ベ　イ　ユ
（〒336-0026）埼玉県さいたま市南区辻1-24-11
電話＆FAX　048-839-8841

発売元　株式会社　星　雲　社
（〒112-0012）東京都文京区大塚3丁目21-10
電話 03-3947-1021／FAX 03-3947-1617

印刷・製本／モリモト印刷　装画・挿絵／ひよ子

ISBN978-4-434-11081-8　C0095